「キスなんてできないでしょ?」と
挑発する生意気な幼馴染を
わからせてやったら、
予想以上にデレた
JN131518
桜木桜
ill. 千種みのり
Sakuragisakura
Presnets
Illust. by Minori Chigusa

神代愛梨
Airi Kamishiro
「確かに私みたいな可愛い女の子の彼氏だと思われるのは、鼻高々かもしれないわね」

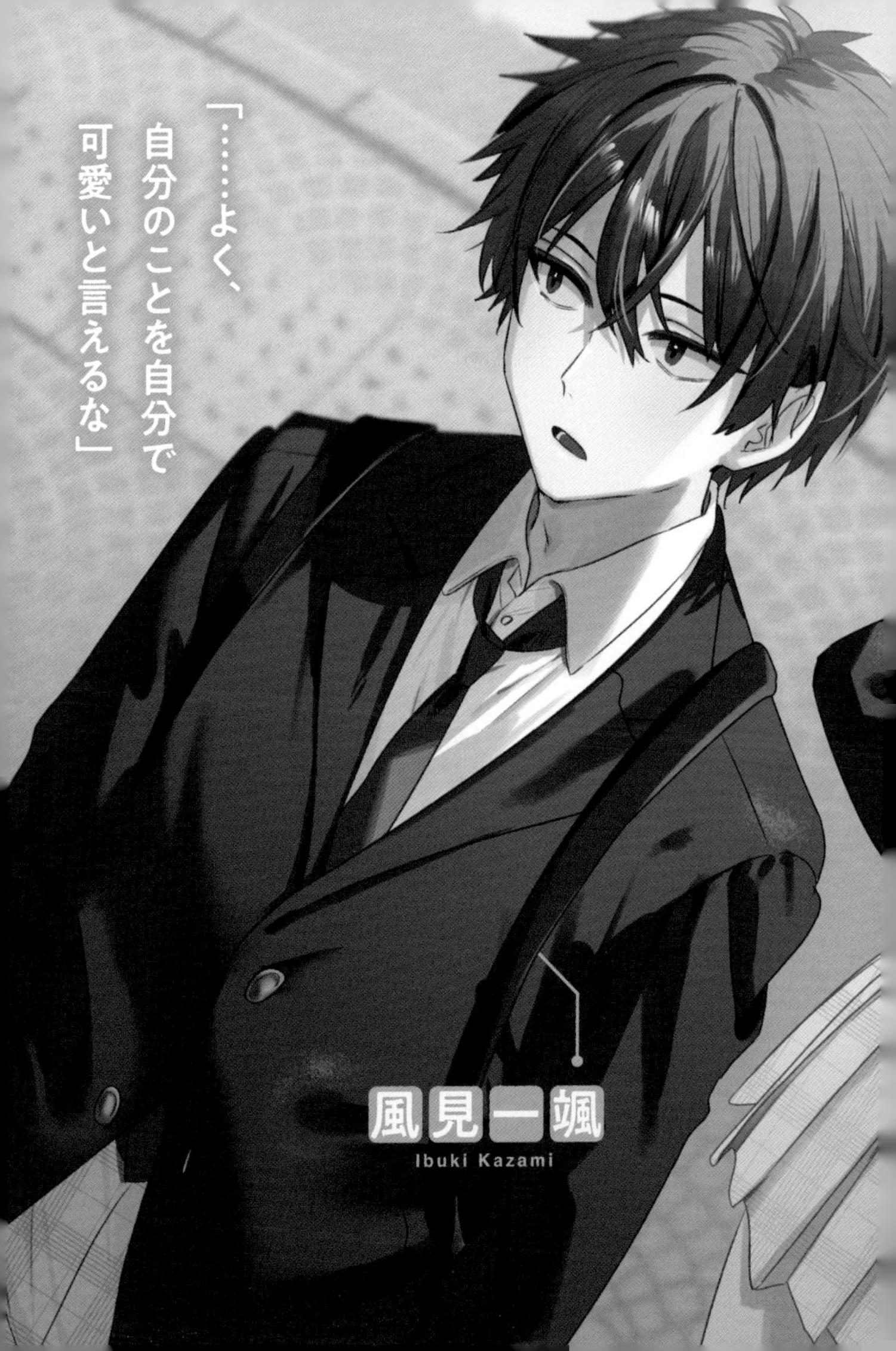
「……よく、
自分のことを自分で
可愛いと言えるな」
風見一颯
Ibuki Kazami

「ちょっと、
そんなまじまじと……
見ないでよね」
俺がじっと見つめていると……
愛梨は眉を顰め、
それから恥ずかしそうに目を伏せた。
その頬は僅かに赤く染まっている。

「ちなみにね、
実は前の水着も着てみたの
だけれど……
胸が窮屈になってたの」

CONTENTS

Sakuragisakura
Presnets
Illust. by Minori Chigusa

「キスなんてできないでしょ？」と挑発する生意気な幼馴染をわからせてやったら、予想以上にデレた

桜木桜

GA文庫

カバー・口絵　本文イラスト

千種みのり

プロローグ

夕暮れ時。俺《おれ》はとある学校の教室にいた。

そして俺の目の前には一人の女の子がいる。

幼さと妖艶さが混じり合ったような、まるで〝妖精《ようせい》〟のように可憐《かれん》で美しい容姿の少女だ。

美しい金色の髪が夕日の光を受けて輝いていた。

「なら、試してみる?」

少女はそのふっくらとした唇を僅《わず》かに動かした。

「……試すって、何を?」

俺の問いに対し、少女は少し考えたような素振りを見せてから……

小さく笑みを浮かべた。

「……そうね」

少女は自分の人差し指で軽く自分の唇に触れながら、ゆっくりと俺の方へと歩を進めていく。

「な、何だ?」

思わず困惑の声を上げると、少女は椅子《いす》に座る俺の顔を覗《のぞ》き込んだ。
美しいサファイヤのような瞳《ひとみ》の中に、俺の顔が映り込む。
気が付くと夕日のせいか、少女の顔が赤く染まっていた。
俺が眉《まゆ》を顰《ひそ》めると……
「試しに……キスしてみない？」
少女は蠱惑《こわく》的な、そしてどこか挑発的な笑みを浮かべて、言った。

第一章＊わからせファーストキス編

ある日の早朝。登校の時間。

生徒たちは思い思いにおしゃべりをしたり、挨拶《あいさつ》をしながら校門を潜《くぐ》っていた。

そんな日常の風景の中……

ある一人の女の子が姿を現した時、僅《わず》かに空気が変わった。

「相変わらず、可愛《かわい》いなぁ……神代《かみしろ》さん」

「そうだな。学校でも断トツだ」

髪は美しい金髪、瞳《ひとみ》は碧眼《へきがん》。

やや幼さの残る可愛らしさと、大人びた美しさが混在した顔立ち。

肌は白く滑らかで、手足はスラっと延びている。

少し小柄で細い体付きではあるものの、制服の上から女性らしい凹凸がしっかりとあることが確認できる。

神代愛梨《あいり》。

一部の男子生徒たちからは〝妖精《ようせい》〟と称されるほどの、絶世の美貌を持つ美少女だ。

「……お付き合い、できないかな？　告白したら、案外、オーケー出たりして……」

「ないない、無理だから。絶対に無理。諦《あきら》めろよ」

ある者は見惚《みほ》れ、ある者は羨望の眼差《まなざ》しを向け、ある者は情欲の篭《こも》った視線を少女に突き刺し、ある者はこそこそと噂《うわさ》話をする。

「どうしてだよ！　もしかして……彼氏が？」

「そうだよ。隣を見ろ、歩いてるだろ。お前よりもいい顔した男が」

なるほど、確かに愛梨の隣には一人の少年が歩いていた。

身長はやや高め、どこか物静かな雰囲気を感じる少年だ。

愛梨は先程からずっと、その少年と楽しそうに会話をしながら歩いていた。

まるで他の男など、眼中にないかのように。

「……あいつが？　本当に？　彼氏⁉」

「……本当に知らなかったのか？　有名だろ、あのバカップル夫婦」

「もう、取られてたのか……くそ、もっと早く告白してれば……！　入学式の時から、俺《おれ》が先に好きだったのに……」

「残念、幼馴染《おさななじみ》だそうだ。同じ日に同じ病院で生まれたんだってさ」

「く、くそ……狡《ずる》いだろ、そんなの……勝てねぇよ……」

さて、一方〝バカップル夫婦〟と評された二人のうち一人――愛梨は少し恥ずかしそうに顔を俯《うつむ》かせながら、呟いた。

「ただの幼馴染だって言ってるのに……どうしてこうも勘違いされるのかしら?」

※

俺の幼馴染——神代愛梨は唇を尖《とが》らせ、不満そうな表情でそう言った。

「バカップル夫婦って……何よ。バカでもないし、カップルでもないし、夫婦でもないし……」

——そもそもカップルと夫婦で意味が重複してるじゃない。

愛梨は不愉快そうな声でそう言った。

周囲の認識——バカップル夫婦という綽名《あだな》に対して、不満があるらしい。

もっとも、その気持ちは俺も——風見一颯《かざみいぶき》も同じだ。

「一緒に登校しているだけなのにな」

「全くよ。一颯君なんかの恋人になるわけないのにね」

……なんか?

「〝なんか〟とは何だ、〝なんか〟とは」

俺が苦言を口にすると、愛梨はニヤっと生意気な笑顔を浮かべた。

「あら……? 一颯君、もしかして、満更でもなかった? まあ、確かに私みたいな可愛い女の子の彼氏だと思われるのは、鼻高々かもしれないわね」

「……よく、自分のことを自分で可愛いと言えるな」

俺の呆《あき》れ声に対し、愛梨は「だって、本当のことだもの」と澄ました表情で答えた。

本当に心の底から自分のことを可愛いと思っているのだろう。呆れたやつだ。

「あいにく、自分のことを可愛いと自称するようなナルシストの彼氏だと思われるのは願い下げだ」

「またまた、そんなこと言っちゃって。本当は嬉《うれ》しいんじゃないの?」

俺の言葉を強がりだと受け取ったらしい。

愛梨はますます増長し、ニヤニヤとその生意気な笑みを浮かべながら、俺の脇腹《わきばら》を肘で突《つつ》いてきた。

……ここまで馬鹿《ばか》にされると、さすがに腹が立ってくる。

「そういうお前こそ、本当は満更じゃないと思っているんじゃないか?」

俺がそう言い返すと、愛梨は一瞬驚いたような表情を浮かべた。

しかしすぐに生意気な表情に戻る。

「何、それ。一颯君の願望? 申し訳ないけど、私にとって一颯君は弟で、ちょっと男性としては見れないというか……」

「さて、毎朝わざわざ迎えに来るやつは誰《だれ》だったか。恋人だと思われたくなければ、一緒に登校しなければ良いと思うんだが、違うか？」

「そ、それは……」

俺の指摘に、先ほどまでの生意気な態度とは一転して愛梨は狼狽《ろうばい》し、口籠《くちご》もった。

「い、一颯君が寝坊して、遅刻しないようにしてあげてるだけ……それ以外に意味なんてないわ。変な勘違いしないでくれる？」

「でも、お前、俺が先に学校に行くと怒り出すじゃないか」

「だ、だって……いつも私が待ってあげているのに……」

愛梨の語気が段々と弱まっていく。

俺は知っている。

愛梨はこう見えて寂《さび》しがり屋なのだ。

俺と恋人だと思われて満更ではないと思っている……かどうか分からないが、しかし俺と一緒に登校できないのは嫌なのだろう。

「そ、そもそも……一緒に登校して欲しいって言い出したのは、一颯君でしょ？」

「……はぁ？　そんなことを言った覚えはないが……」

俺が眉《まゆ》を顰《ひそ》めると……愛梨は得意気な表情を浮かべた。

「小学校一年生の時、泣きついてきたのはどっちだったかなぁ……？」

「いつの話をしているんだ、いつの……俺は今の話をしているんだ」

確かに小学校一年生の頃、一人で学校に行くのは寂しいとべそを掻《か》いたことがある。

認めよう、それは事実だ。事実だが……昔の話だ。

当たり前だが、高校生になった今は一人でも登校できる。

もっとも……一人で登校したことは、数えるほどしかなかったりするのだが。

「それに……登校だけじゃないわ。下校も一緒に帰りたがるわよね？　昨日も私の用事が終わるまで待っていたし……一颯君の方こそ、私と一緒にいたいんじゃない？」

「そ、それは……」

確かに俺は愛梨といつも一緒に下校をしている。

愛梨の用事が終わるまで待つことも多いし、愛梨の寄り道に付き合うことも多い。

それは俺にとって、愛梨と一緒に帰ることが当たり前だからであり……別に一緒に帰りたいからではない。

習慣だからだ。そこに深い意味はない。

だがそれを愛梨に言っても、反論にはならない。

「あれれ？　どうしたの？　もしかして……図星だったのかしら？」

調子を取り戻したのか、愛梨はニヤニヤとした笑みを浮かべ、こちらを突いてくる。

実に腹立たしい。

「……別に俺は好きでお前を待っていたわけじゃない」

「あら？　そうなの？　だったら、先に帰れば良かったじゃない」

「前に俺が先に帰ったら怒ったくせに、よく言うな」

「だ、だから……毎朝、私は待ってあげてるんだから夕方は一颯君が待つのが筋というか……」

「夜、一人で歩けないからだろ？　怖くて」

俺は笑みを浮かべながらそう言った。そう、愛梨は暗いのが苦手なのだ。

だから帰りは……特に夜道は一緒に帰るのが当たり前になったのだ。

今、思い出した。

「……今は別に一人でも大丈夫よ。それに今の季節は、暗くないでしょう？」

愛梨はムッとした表情で反論した。

俺は首を大きく横に振る。

「お前を放っておくのは心配だからな。それを抜きにしても……お前の親御さんから、愛梨を頼むと言われてる」

「私だって……一颯君のご両親から、よろしくって言われてるもの」

俺は愛梨を睨《にら》みつける。

愛梨もまた負けじと俺を睨み返した。

「……大きなお節介だ。俺はお前の弟じゃない」

「それはこちらの台詞よ。私は一颯君の妹でも何でもないの」

……このようにして俺たちは立ち止まり、言い争いを始めた。

周囲に野次馬が集まり、何かこそこそと話していることには気付いたが――〝痴話喧嘩〟や、〝いつものやつ〟などという単語が聞こえてきたが……そちらに気を配る余裕はなかった。

何より、まず、この目の前の生意気な幼馴染を言いくるめてやらないと、気が済まない！

そして愛梨もまた〝遺憾なことに〟そこだけは同意見であるようで、周囲には目もくれず、強気に言い返したり、挑発したりを繰り返してくる。

俺がそれに応戦していると……

「お、今日も痴話喧嘩か？」

「相変わらず、見せつけてきますねぇー」

友人たちに話しかけられた。

俺は思わず反論した。

「「恋人じゃない（わ）！　ただの幼馴染だ（よ）」」

……声が揃《そろ》った。

※

俺……風見一颯と神代愛梨は幼馴染である。

俺たちが出会ったのは病院の新生児室だ。

両親は互いに親友同士であり、そして家は隣にあった。

どちらか片方の両親が忙しい時は、もう片方の家に預けられることもあった。

そんな時、俺たちは同じベビーベッドの中で過ごした……らしい。

さすがにその時の記憶はないが、映像などでは残っているので、確かだ。

要するに二人とも記憶にないほど、生まれた時から双子の兄妹のように一緒に育ってきた関係ということだ。

それは体が少し成長してからも同じ。

互いの家で、庭で、公園で……

積み木、泥遊び、おままごと、あらゆる遊びを一緒にした。

当然、幼稚園も、小学校も、ずっと同じだった。

それぞれ二次性徴を迎え、俺の体が男性らしく、愛梨の身体が女性らしく変化した後も同様だ。

もちろん身体的接触は控えるようになったし、かつてのように一緒にお風呂《ふろ》に入るということはなくなったが……

それでも俺たちの関係に大きな変化はなかった。

中学生、高校生になっても……仲良し幼馴染のままだった。

変わったのは周囲からの視線と認識だ。

距離感が近く、毎日のように一緒にいる男女を、周囲はただの親友同士、幼馴染とは看做《みな》さなかった。

小学生の高学年の頃から、二人は関係性をからかわれるようになった。

中学生の頃になると、恋人同士だと思われるようになり、高校生になった時には、揺るぎない物へと変わっていた。

しかし……俺たちの認識と、周囲の認識は異なる。

俺にとって愛梨は……親友であり、家族であり、姉もしくは妹であり、そして体の一部のようなものだ。

姉や妹、ましてや自分の体の一部が、性愛の対象になるはずがない。

恋愛感情などない。

相手のことを世界の誰よりも信頼していて、相手のことを誰よりも知っているという自負もある。

何より、一緒にいて楽しい。

いろいろと言い訳をしながら、一緒に登下校をするくらいには、相手と一緒にいたいと思っている。

……確かにふとした拍子に、相手に対してドキドキしてしまうなど、女性として魅力的に感じることもある。

しかし恋愛感情は全くない。

……少なくとも、俺はそう思っている。


そう、思っていた。

そんな俺たちの関係に変化が訪れたのは……

売り言葉に買い言葉から、思わず愛梨が放った一言が原因だった。


――試しに……キスしてみない？――

※

「……あのさ、愛梨」

「……何？」

「今朝《けさ》は……言い過ぎた。すまない」

喧嘩をした日の放課後、教室にて。

俺は愛梨に謝罪した。

「うん……私こそ、ごめんね」

そして愛梨も謝罪を返した。

このように俺たちの喧嘩は大抵、一日で終わる。

今日は仲直りまで半日ほど掛かったが、これはどちらかと言えば長い方だ。

普段はすぐに仲直りできる。

俺たちにとって互いは己《おのれ》の半身のようなものだ。

故に喧嘩をしたままというのは、勝ち負け以上に耐えがたい。

「……冷静に考えれば、外野が私たちのことを、どう定義しようが……関係ない、わよね」

「その通りだな。俺たちは俺たちだ。それを突き通せばいい」

周囲の目が気になるからと言って、定義付けやレッテルが不快だからといって、自分たちが今の関係を変化させるのは馬鹿らしい。

それが俺たちの結論だった。

「でも……一緒に帰ったりしているだけで、どうして恋人同士に見えるのかしらね？」

「距離感が近いからじゃないか？　実際には真逆で、全く意識していないから距離感が近いだけだが」

「確かに。一颯君が男の子だということは知ってるけど……だからと言って、ね？　性愛の対象ではないし」

「愛梨相手に興奮しろというのも、無理な話だな」

「されても困るだけだけどね。応《こた》えようがないわ。一颯君に男性として魅力的な部分なんて、全く感じないもの」

「愛梨に興味なんて、欠片《かけら》もないから、絶対にないけどな」

自然と俺は顔が引き攣《つ》るのを感じた。

そして愛梨もまた、顔を引き攣らせていた。

「……その言い方はいくら何でも、失礼じゃないかしら?」

「それはこちらの台詞だ」

愛梨のことなど好きではないが……「男性として魅力がない」とまで断言されると、さすがに腹が立った。

俺が意識しているのに、愛梨がそれを意識していないのは、許せない。

嘘《うそ》をつくなと言いたくなる。

「私、こう見えてもモテる方だし、美人な方だと思っているのだけれど。……さすがに全く興味がないというのは嘘でしょ?」

そう、これは嘘だ。

嘘だが……ここで嘘だと、愛梨に少しでも魅力を感じているなどと答えれば、この生意気な幼馴染はまるで鬼の首を取ったように騒ぎ立てるだろう。

そしてそのネタを一週間は引き摺《ず》り、当て擦《こす》り続けるに違いない。

「美人は三日で飽きるって言葉、知らないか？　俺とお前の付き合いは、十六年だぞ」

だから俺は愛梨の追及を強く否定した。

少なくとも愛梨の方が先に〝嘘〟を認めない限り、俺に対して少しは異性として意識していることを白状しない限り、俺は自分の嘘を認めるつもりはなかった。

さて、愛梨は俺の回答に対して確かにそうだと言わんばかりに大きく頷《うなず》いた。

「確かに長い付き合いだものね。……あら？　でも、一颯君。中学三年生の頃、プールに行った時は、目も合わせてくれなかったけど……どうしてかしら？」

一瞬、ドキっとする。

確かにあの時、俺は水着姿の愛梨にドキドキしてしまった。

普段は見ることのない白い肌や、意外と大きな胸、普段はそれほど意識することのない幼馴染の性的な魅力に戸惑ってしまった。

何だか見てはいけない物を見ている気分になり、また照れくささもあり、目も合わせられなかった。

それは事実だが……その時のことを掘り返すならば、こちらも言いたいことがある。

「何だ、ジロジロ見て欲しかったのか？　……そういうお前は人の腕や背中をやたらと触ってきたよな。正直、気持ち悪かったが……興味があったのか？」

そう、俺とは正反対に愛梨は興味津々という様子で俺の体をベタベタと触ってきたのだ。積極的に腕を絡《から》めたり、背中や胸を触ったりと、露骨なボディタッチを繰り返してきた。

「あ、あれは別にそういうんじゃ……」

図星だったのか、愛梨は途端に言葉を濁した。

動揺からか、目を泳がせ始めた。

……やはり愛梨も俺に対して、ちゃんと魅力を感じていたのだ。

安心すると同時に、俺は少しだけいい気分になった。

「お前みたいなやつをむっつりスケべって言うんだが、知ってるか？」

「む、むっつりって……し、失礼ね！　そ、そんなんじゃないわよ！　わ、私は、い、一颯君のことなんて……」

愛梨は声を荒げて反論した。

よく見ると頰《ほお》も少し赤らんでいる。

「じゃあ、あの時のことはどう説明するんだ？」

「そ、それは……た、ただの学術的興味というか……別に筋肉とかに興味があったわけじゃないし……」

愛梨は気恥ずかしそうに目を逸らしながらそう言った。

そして愛梨のその言葉に……俺は思わず笑みを浮かべた。

「筋肉に興味があったかまでは言ってないが？」

俺の指摘に愛梨の顔が一気に真《ま》っ赤《か》に染まった。

どうやら本当にそういう性癖で、なおかつ、俺の裸体に感じ入っていたようだ。

性癖を暴《あば》かれた恥ずかしさからか、愛梨はしばらく口をパクパクさせた。

「そもそも、一颯君は気にし過ぎなの。……そう言えば、もう手を繋《つな》ぐのはやめようって言ってきたのは、一颯君が最初だったわね？　小学二年生の時。……あの時から、意識していたのかしら？　おませさんなのね」

プールの一件については、これ以上話すと墓穴を掘ると判断したらしい。

愛梨は話を逸らすためか、話題の内容を過去へと遡《さかのぼ》らせた。

「そう言うお前は……小学生の頃、シンデレラの劇で、まともに台詞も言えなかったよな？

――俺が王子で、お前がシンデレラ役だったっけ？　意識しちゃったか？」

愛梨は都合が悪くなると、昔の話をすぐに掘り返してくる。

だが……愛梨が昔の話をするならば、こちらにも考えがある。

愛梨が俺の恥ずかしい過去を話せるように、俺だって愛梨の恥ずかしい過去ならばいくらでも話せる。

「げ、劇と現実の話を一緒にしないでよ！　あ、あれは別に……そういう願望があったとかじゃなくて……」

「願望があったとまでは、言ってないが？」

「あっ……いや……い、今のは、こ、言葉の綾で……」

「どうした、愛梨。顔が赤いぞ？」

また、墓穴を掘ったのか？

俺がそう尋ねると……愛梨は顔を真っ赤にしながら、こちらをキッと睨みつけてきた。

「そ、それを言うなら！　い、一颯君だって――」

「あの時、お前は――」

「最近だって――」

「そう言えば昨日――」

「幼稚園児の時――」

「おままごとで――」

俺たちは記憶を辿《たど》りながら、言い争う。

「とにかく！　私は一颯君になんか……これっぽっちも！　ドキドキしたことも、ときめいたことだって、全くないわ！」

「俺だって！　何を見ようが、何をしようが、何をされようが……お前に興味なんて、全くない！」

「なら、試してみる？」

唐突に愛梨はそう言った。

俺は思わず眉を顰め、聞き返した。

「……試すって、何を？」

「……そうね」

愛梨は少し考えた素振りを見せてから……小さく笑みを浮かべた。

そしてゆっくりと、俺に近づく。

「な、何だ？」

愛梨は白く細い指で、自分の唇に触れながら……

――試しに……キスしてみない？――

そう言った。

※

「きゅ、急に何を言い出すんだ⁉」

俺は思わず叫んだ。

一方で愛梨は勝ち誇った表情で笑みを浮かべる。

「キスしてみよう……そう提案したの。私を異性として意識してないなら……余裕よね？」

「……どういう理屈だ？」

普通は相手のことが好きだから、キスするんじゃないだろうか？　愛梨の言い分は真逆に聞こえた。

「キスと言っても、所詮、唇と唇を合わせるだけの行為でしょ？　相手のことを全く意識していないなら、別に恥ずかしくなることも、照れることもなく、機械的にできるじゃない。……違うかしら？」

「い、いや、別に違うとは言わないが……しかしそんなに気軽にしていいものでも……ないだろ」

俺は唇同士のキスなど、したことない。

そして愛梨もまた……俺が知る限り、したことはないはず。

俺はともかくとして、愛梨にとって……女の子にとって、ファーストキスはそれなりに特別な物のはずだ。

それを簡単にしてしまっていいのか。

それも、俺を相手に……

「別に私は気にしないわ。どうせ、赤ちゃんの頃に親にされてるだろうし。そもそも一颯君相手に、どうということもないしね」

愛梨は落ち着いた声でそう言うと……

ニヤっと挑発的な笑みを浮かべた。

「……それとも、一颯君は初恋の人までキスは大切に取っておきたい人なのかしら？　……意外とロマンチストなのねぇ」

ニヤっと愛梨は小馬鹿《こばか》にしたような笑みを浮かべながら、こちらを真っ直ぐに見つめてきた。

その態度に俺は思わずイラっとした。

こちらは愛梨を心配して言っているというのに！

「なーんてね。そうよね、一颯君にキスなんてできるわけ、ないものね。照れ屋さんだし、キスした経験もないだろうし、童貞だし」

愛梨のその言葉に俺はようやく気付く。

こいつは別にファーストキスに思い入れを持っていないわけでも、キスなど簡単だと思っているわけでもない。

俺がキスなどできるはずなく、キスすることになるはずがないと、高を括っているからこそ余裕の態度を取っているのだ。

そうと分かれば……簡単だ。

「まさか、いいよ。確かめてみよう」

俺は愛梨の提案を承諾した。

「……え？」

すると愛梨は驚いた様子で目を見開き……そして固まってしまった。

予想通りの愛梨の反応に俺はほくそ笑みながら尋ねた。

「キスしようと、そう言っているんだ」

俺があらためてそう言うと、愛梨の表情に動揺の色が浮かんだ。

やはり先ほどまでの余裕の態度はただの強がりだったのだ。

俺は思わず笑みを浮かべ、愛梨の顔を覗《のぞ》き込んだ。

「大丈夫か？」

「い、いや……そ、その……」

愛梨は焦《あせ》った様子で視線を泳がせ、そして口籠もり始めた。

必死に言い訳を考えているのだろう。

「あぁ……いや、べつに構わない。お前が恥ずかしくてできないと言うなら、俺も無理にとは言わない。そもそも……言い出しっぺはお前だしな」

相手を異性として意識していないのであれば、キス程度、簡単にできるはず……最初にそう言ったのは愛梨だ。

そして愛梨は俺を異性として意識している。

だから恥ずかしくてキスなどまともにできないはずだ。

俺は勝ちを確信したが……

「……まさか！　いいわ、やりましょうか」

愛梨は強気な表情で俺を睨みつけながら、そう言ってきた。

意外な反応に俺は聞き返してしまう。

「……別に無理しなくていいんだぞ？」

「無理なんてしてないわよ？　それとも……もしかして、さっきのは強がりだったのかしら？」

愛梨は不敵な笑みを浮かべながらそう言った。

しかしよく見ると、緊張からか手が震えているのが分かる。

強がっているだけなのは明白だ。

「いいや、お前がいいならいいんだ。早速、やろうか」

俺はそう言うと立ち上がり、あらためて愛梨に向き直った。

負けじとこちらからも愛梨の顔を見つめ返す。

長い睫毛《まつげ》、宝石のように美しい瞳、形の整った高い鼻、白磁のように滑らかで白い肌……

そしてふっくらとした赤い唇。

この少女に……この唇に、俺はこれからキスをするのだ。そう思うと、どういうわけか自然と胸の鼓動が高まるのを感じた。

緊張からか、興奮からか、それとも……

「ちょっと、そんなまじまじと……見ないでよね」

俺がじっと見つめていると……愛梨は眉を顰め、それから恥ずかしそうに目を伏せた。

その頬は僅かに赤く染まっている。

愛梨を〝女性として意識してしまった〟ことを勘繰られたくなかった俺は、努めて冷静な口調で言い返す。

「自意識過剰なやつだな。普通にしているだけだろ。……それで、どうする？　どっちからキスする？」

「……まあ、言い出しっぺの私からが順当かしらね」

愛梨はそう言いながら、逸らしていた視線を上にあげ、俺の目を見つめてきた。

それから一歩ずつ、ゆっくりと近づいていき、俺の肩に両手を置いた。

「その、するから。目を瞑《つむ》って……」

愛梨は真っ赤な顔で、恥ずかしそうにしながらそう言った。

「了解」

俺は目を瞑り、じっと愛梨の唇を待つ。

ドクドクと心臓が激しく鼓動する。

不思議とその時間は永遠に感じられた。

「……愛梨」

「な、何⁉」

「いや、その……結構時間が経《た》ったけど……」

俺は目を開けてそう言った。

愛梨は顔を真っ赤にし、俺の肩を強く握りしめながら、固まっていた。

緊張からか、それともつま先立ちをしたまま固まっていたからか、足が少し震えている。

「い、今、するところだったの！」

母親に怒られた子供のような主張だった。

俺は思わず鼻で笑う。

「やっぱり、できないじゃないか」

「で、できるわよ！　ちょ、ちょっと……は、初めてだから、緊張しただけで……」

愛梨はモジモジとしながらできなかった言い訳を並べていく。

しかし言葉を重ねるほどに説得力がなくなっていく。

「そ、そんなに偉そうに言うなら、い、一颯君が……お、お手本を見せてよ！　と、当然、できるのよね？」

「ああ、できるとも。お手本を見せてやるよ」

顔を真っ赤にする愛梨に対して、俺は大きく頷《うなず》きながら堂々と言い放った。

するとと愛梨は少したじろいだ様子を見せた。

しかしすぐに持ち直し、こちらを再度睨みつけてくる。

「そ、そう？　な、なら……お、お手本を見せてもらおうかしら？」

「あぁ……」

俺は余裕ぶった態度で——緊張を押し殺しながら——愛梨の肩に軽く手を置いた。

すると愛梨はビクっと身体を震わせた。

「ま、待って……！」

「……なんだ？　怖気《おじけ》づいたか？」

俺は愛梨の身体を引き寄せながら尋ねた。

「ち、違うわよ！　え、えっと……その、わ、私は……どういう風に待てばいいのかしら？」

愛梨は俺から顔を背《そむ》け、視線だけこちらを向けながらそう言った。

俺は少し考えてから……愛梨の顎《あご》に手を伸ばす。

「え、あ、ちょっ……そ、それは反則……」

「顎を上げてくれ。その方がしやすい」

俺はそう言いながら愛梨の顎を軽く摑《つか》み、上にあげた。

顎を固定し、避けられないようにする。

愛梨は潤《うる》んだ瞳でこちらを睨みつけながら、不敵な笑みを浮かべてみせた。

「へ、へぇ……あ、顎クイなんて……ど、童貞のくせに、どこで覚えたのかしらね？　い、言っておくけど、私は別に、そ、その程度のことで……」

「……顎クイ？」

思わず俺は首を傾《かし》げた。

「っ……し、知らないなら、知らないで、いいわ」

「……そうか？」

よく分からないが……どうやら、愛梨は何かしらのダメージを受けているらしい。

この顎を摑まれる仕草は、愛梨の心の何かを擽《くすぐ》るものだったのだろう。

それ自体は好都合だ。このまま続けてしまおう。

俺はそう思いながら……もう片方の手を愛梨の背中に回し、自分の方へと再度引き寄せた。

「っぁ……」

愛梨は小さく声を上げながら、俺に抱き着いた。

その柔らかい胸が、自分の胸板に触れ、僅かに歪《ゆが》むのを感じた。

体温が布地越しに僅かに伝わってくる。

「……じゃあ、するぞ？」

心の準備はいいか？

俺は愛梨と、そして自分自身にそう問いかけた。

「ま、待って……ひ、一つだけ……め、目は瞑った方がいい？」

「……好きにしてくれ」

「じゃあ……開けたままにするわ」

愛梨はそう言うと、目を見開き、真っ直《す》ぐ俺を睨みつけてきた。

俺も負けじと睨み返しながら……ゆっくりと顔を近づけていく。

すると愛梨は視線を逸らし、そして最後にはギュっと目を閉じた。

結局、目を閉じるのか。

俺は内心で突っ込みながら……

自分の唇を愛梨の唇へと、押し当てた。

とてもやわらかい感触がした。

どこか浮ついたような、永遠にも感じられるような世界で、心臓の鼓動だけが時を刻んでいた。

力が抜けそうになるのを堪《こら》え、両足に力を入れて、ゆっくりと唇を離す。

離すと同時に愛梨の吐息が俺の唇を擽った。

「はぅ……」

目の前には薄ぼんやりと目を開け、蕩《とろ》けた表情の愛梨がいた。

その表情を見た途端、体の奥がカッと熱くなり、ゾクゾクとした快感が溢《あふ》れてくるような感覚に襲われた。

どうしようもないくらい、この幼馴染が魅力的に見え……思わず息を飲む。

「お、おい……」

見惚《みと》れているのも束《つか》の間、愛梨は体のバランスを崩し、膝《ひざ》から崩れ落ちた。

俺は慌てて愛梨を抱き留める。

愛梨は俺の胸に顔を埋めながら、息を荒げた。

髪から見え隠れしている耳が、真っ赤に染まっていることが分かる。

「だ、大丈夫……か？」

俺の問いに対し、愛梨はしばらくの沈黙の後……

「ど、……どういうことも、ないわ」

どういうこともありそうな表情と声音でそう言った。

それから少しフラつきながらも、俺から離れた。

「やっぱり一颯君なんかに、興奮するわけないわ」

頬を赤らめながら、愛梨は小さく鼻を鳴らした。

全然、デレたりしていない。

そう主張しているようにも見えた。

「……一颯君は？」

愛梨はじっとこちらを見つめながら、そう尋ねてきた。

俺の視線は自然と、先ほどまで自分が塞《ふさ》いでいた唇へと、向いてしまう。

「俺は……別に、普通だ」

柔らかい唇の感触、その余韻を感じながら俺はそう答えた。

そして脳裏に浮かんできた、あの時の愛梨の、見たことのない魅力的な表情を振り払うように、再度繰り返す。

「やっぱり、お前と……幼馴染を相手にキスしたくらいで、何か感じるわけないな」

自分自身に言い聞かせるように俺はそう答えた。

「ふーん……」

一方で愛梨は俺の返答に対し、少し不満そうだった。

訝《いぶか》しむような目でこちらを見てくる。

「本当に何も感じなかったの？」

「特に何も。……そういうお前はどうだ？」

逆に聞き返してやると、愛梨はビクっと身体を震わせた。

再び愛梨の頬が赤らみ始める。

「別に……さっき、どうということもないと、答えたはずだけど？」

「本当か？　随分と足元が覚束《おぼつか》ない様子だったようにも見えたが？」

俺が指摘すると、愛梨は無意識にか……手で自分の唇に触れた。

そして恥ずかしそうな表情で答えた。

「ちょ、ちょっと緊張して……気が抜けただけ。へ、変な勘違いしないでよね」

「緊張したことは認めるんだな」

「そ、それは……！」

動揺の色を見せた愛梨に対し、俺は答えた。

「まあ……緊張したのは、俺も同じだから」

そう、愛梨と同様に俺も緊張していた。それは事実だ。

慣れないことにいろいろと緊張してしまったせいで、変なことを意識してしまっただけのこと。

「そ、そう……なの。そ、そうよね。緊張した……だけよね」

「初めてだったしな。……それが普通だよな」

自分に言い聞かせるように呟《つぶや》く愛梨の言葉に、俺は同調する。

ここは痛み分けに、有耶無耶《うやむや》にした方が良い。

俺はそう判断したのだ。

「ま、まあ……いくら何も感じないとはいえ、キスなんて気軽にやるものでもないな」

「そ、そうね。風紀的にも良くないし、軽率だったわ」

俺たちは少し強引《ごういん》に話を終わらせた。

そしてしばらくの沈黙の後……

「……そろそろ、帰ろうか」

「……そうね」

帰ることにした。

沈黙の中、無言で歩いていると……

「ねぇ、一颯君。手を繋いでいい？」

愛梨が突然、そんなことを言い出した。

「な、何を言い出すんだ……いきなり」

俺は思わず困惑する。

手を繋いで帰るなんて、それじゃあまるで恋人……

「……昔を思い出して。昔は手を繋いでくれたじゃない」

「そ、それは……」

確かに昔は一緒に手を繋いで歩いていた。

しなくなったのは、俺がやめようと言ったからだ。

……周囲にからかわれるのが、恥ずかしかったのだ。

それに愛梨に手を引かれるのは、まるで姉に手を引かれている弟のようで……何となく、それも嫌だった。

何より、幼馴染とはいえ女の子と手を繋ぐのは照れくさいと……そう感じるようになった。

「……もしかして、まだ気にしてるの？」

ニヤっと愛梨は笑った。

子供だなぁ……と、そう言いたそうな表情だった。

俺は思わず眉を顰め……愛梨の手を取った。

「……これでいいか？」

「……うん、それでいいわ」

愛梨は満足そうに頷いた。

俺たちは幼き日の頃のように、手を繋ぎながら夕日の中を歩いた。

※

私――神代愛梨は家の前に着くと、握っていた幼馴染の手を離した。

それから一颯君に向き直る。

「じゃあ、また明日ね。一颯君」

「ああ、また明日」

私は一颯君に軽く手を振ってから、家に入り、扉を閉める。

そして自分でもうるさいと感じるほど、激しく鼓動する胸に手を置いた。

それからまだあの時の感触が残っている唇に触れた。

「……気のせい、よね」

自分自身に言い聞かせるように私はそう呟いた。

※

『……愛してる』

『私も……』

――初めてのキスは甘酸っぱい味がした――

「……ふーん」

私――神代愛梨はそんなありきたりなモノローグが描かれた少女漫画を閉じ、ベッドに寝転がった。

思わず自分の唇に触れる。

「別に甘酸っぱくはなかったけどね……」

つい数時間前、私は幼馴染と……一颯君と、キスをしたのだ。

その時のことをにわかに思い出してしまい、私は自分の顔がとても熱くなるのを感じた。

「……そもそも味なんて、しなかったし」

特別に味がしたというわけではない。

ただ、唇と唇が少し触れただけ。お互いの唾液が少し混じっただけだ。

何てことはないはずなのに……

「どうして、あんなに……」

私は思わず身を縮こまらせた。

片手で唇を、もう片方の手で下腹を押さえる。

彼の唇の感触と、そしてあの時に感じた……お腹《なか》の奥が熱くなる感覚が、快感が、再び湧《わ》き上がってきたからだ。

「……気持ち良かった、かも」

私にとって、風見一颯という少年は弟（決して兄ではない。断じて！）のような存在だ。

そんな弟分とキスをしたのだ。

超えてはいけない一線を越えた。

それに対して私は僅かな罪悪感と背徳感……

そして確かな興奮を覚えていた。

背筋がゾクゾクとするような、官能的で甘美な快感を感じた。

初めての感覚に驚き、腰が砕けてしまったことは……事実だ。

「キスで腰が砕けるって……わ、私、弱過ぎでしょ……」

――キスで力が抜けるなんて、お前、弱々の雑魚《ざこ》じゃないか。

そんな一颯君の声が耳元で聞こえたような気がした。

私は思わず首を左右に振る。

「ち、違う……雑魚じゃないもん。初めてだったから……初めての経験だったから、変な気になっちゃっただけ。そ、そもそも……」

一颯君だから、そうなったわけじゃない。

あの弟のような幼馴染に特別に何か感じ入るものがあるはずない。

「あぁ……もう、最悪……」

私は思わずため息をつく。

力が抜けて、倒れかけてしまったことは、緊張のせいにした。

上手《うま》く誤魔化《ごまか》せた……ような気がする。

しかし誤魔化せていたとしても、一颯君に対して弱みを見せてしまったことは事実だ。

「私、一颯君なんかに、抱きしめられて……」

意外と……私の記憶よりも、幼馴染の身体はがっしりとしていた。

服の上からは硬くて逞《たくま》しい筋肉が感じられた。

頼りがいと安心感を覚えるのと同時に、彼が強引に力づくでことを運ぼうとしたら、絶対に抵抗できないとも感じてしまい……

「って、わ、私、な、何を考えてるのよ……！」

脳裏に浮かんだ妄想を、私は振り払った。

一颯君がそんなことをするはずない。

いや、そもそもとして幼馴染を相手にそんなことを考える方がどうかしている。

「……キスなんか、するから、変なことを考えてしまうのだわ」

もう二度と、彼とキスはしない。

否、二度としてはいけない。

「……次はないわ」

私は自分自身に言い聞かせるように呟いた。

※

それから少し時が経ち、夕食の最中……

「ねぇねぇ、愛梨ちゃん。最近、一颯君とはキスとかした？」

「げほっ……」

ママの唐突な質問に私は思わずむせ返った。

どうしてそれを知っているのか？

まさか、一颯君がママに話したのか？

私が……キスをしただけで、腰が砕けてしまったと？

「ど、どこでそれを……」

「あら！　本当にキスしたの⁉　進展があったのね？」

ママは手を叩《たた》いて喜んだ。

カマを掛けられたのだと、そう気付いた時にはすでに遅かった。

「ち、ちが……き、キスなんて、べ、別に……」

私は自分の顔が熱くなるのを感じた。

「隠さなくてもいいのに。恋人同士なんだから、キスくらいしても当然よ。……ちゃんとやることはやってるのね。ママ、安心したわ」

そう、ママは私が一颯君と恋仲だと思い込んでいる。

ママだけではない。

パパもそうだし……一颯君の両親も、そう思っているのだ。

……本当に迷惑な話だ。

「やめてよ。一颯君なんかと……するわけないでしょ。そもそも付き合ってもないし……くだらないこと、聞かないで」

怒っていることを示すために、私はあえて冷たい声でママにそう言った。

しかしママは私が怒っていることをそれほど気にしていないのか、小さくため息をついた。

「もう、愛梨ちゃん……一颯君にもそんな態度、取ってないわよね？　そんなんだと、取られちゃうわよ？」

「……取られるって、誰に？」

「他の女の子に決まってるじゃない。ほら……一颯君、最近ますます男前になってきてるじゃない。背も高くて、頭も良くて……みんな放っておかないんじゃないかしら？」

「そ、それは……」

弱虫で、泣き虫。

虚弱体質で気が弱い。

私がいないと何もできないから、いつも私の背中を追いかけてきて、そして何をするにしても私の側から離れない男の子《一颯君》。

……それは過去の話だ。

いつの間にか、一颯君は私の身長を超えていた。

男性らしく体付きもガッシリしてきた。

女顔だった容姿も、良い意味で男性らしくなってきた。

頭も……こちらは昔から良かったか。

一颯君に想《おも》いを寄せている女子が、決して少なくないことを私は知っている。

……みんな、彼が私の彼氏だと思っているから、表に出さないだけで。

一颯君が非常に魅力的な男の子であることは、私が誰よりも知っている。

私以上に一颯君のことを知っている女の子なんているはずない。

だけれど……

「そもそも、一颯君は私の物じゃないわ」

一颯君が誰とお付き合いしたいか、それは一颯君自身が決めることだ。

私が決めることじゃないし、私が関与することでもない。

「私にとって、一颯君はただの幼馴染。一颯君が誰とお付き合いしようと、私の知ったことではないわ」

もっとも……一颯君が私以外の女の子と歩いている姿なんて、想像できないけれど。

そもそも、私ほど可愛い女の子を放っておいて、他の女の子と付き合えるはずないし……

「素直じゃないわねぇー」

私の言葉にママは呆れ声を上げた。

と、そこで新聞を読んでいたパパも顔を上げた。

怪訝《けげん》そうな表情で眉を顰めている。

「愛梨……いったい、一颯君のどこに不満があるんだ？　あんなに良い男の子、そうそういないぞ」

「……別に不満なんてないわよ」

私が知る限り、一颯君は誰よりも素晴らしい人間だ。

そして彼以上に一緒にいて楽しいと思える人はいない。

たまに喧嘩もするけれど……私は彼と喧嘩することは、それほど嫌ではない。

むしろ楽しいかもしれない。

私と対等に言い争いをしてくれる人は、彼しかいない。

故に現状の関係性と距離感に対する不満もない。

「だから、このままでいいの」

恋人同士になったら……この関係も崩れてしまうのではないか。

そんな懸念もある。

何より……

「……まあ、一颯君の方から頭を下げて、付き合ってくださいって頼むなら……話は別だけれどね？」

私の方から先に告白するなんてあり得ないし、私の方が先に一颯君のことを好きになるのもありえない。

もし頼むなら、告白してくるなら、それは一颯君の方からだ。

――お願いだ、愛梨。俺と付き合ってくれ！

そんな風に頭を下げて頼んでくるなら……

まあ、付き合ってあげてもいいかな？　勇気を出して告白してくれたのに、それを断るのは可哀想《かわいそう》だし？

私も嫌というわけじゃないし……

「私は別に一颯君のことなんて、好きじゃないわ。……一颯君が私をどう思っているかは、知らないけどね？」

私がそう言うと……

「「はぁ……」」

パパとママは揃って深いため息をついた。

※

そして夕食後……

「……そう、別に私は一颯君のことなんて、好きじゃないわ」

私は自室に戻ると、あらためてそう呟いた。
私が一颯君のことを好きになるなんて、あり得ない。
まるで少女漫画のヒロインのように……
ドキドキする？　ときめいてしまう？
キスしたいと、されたいと、思ってしまう？
他の女の子に嫉妬《しっと》する？
あんな、泣き虫で弱虫な幼馴染に？
「あり得ない」
一颯君が私を求めてくるというならともかくとして……
私が一颯君を求めるだなんて、あり得ない。
「だから……気のせい。気の迷い。勘違い……緊張しただけ」
私は自分の唇にそっと触れた。
体の熱と、心臓の鼓動が収まるまで……
私はずっと、繰り返し、何度も呟いた。

――無自覚カップルがおしどり夫婦になるまで、あと六年。
まだまだ道は遠い。

第二章 ＊ ドキドキ壁ドン編 ＊

　ある日、学校が終わった後のこと……

　俺《おれ》の目の前には一人の女の子がいた。

　美しい金色の髪に、宝石のように青い瞳《ひとみ》、妖精《ようせい》のように可憐《かれん》で美しく……どこか幼さと妖艶さが入り交じったような容姿の少女だ。

　俺はその少女を壁際に追い詰め、両手で囲いを作るように壁に手を突き、逃げられないようにしていた。

　さらに足を少女の足の間に割り込ませ、自分の身体と壁で少女を挟みこむように、密着させている。

　あまりの距離の近さに、少女は恥ずかしそうに顔を真《ま》っ赤《か》にさせ、顔を背《そむ》け……無防備な横顔を晒《さら》している。

　俺はそんな少女の真っ赤に染まった耳に、顔を近づけた。

「好きだ、愛梨《あいり》」

　小さな、しかしはっきりと聞こえるように低い声で俺はそう囁《ささや》いた。

すると少女は小さく体を震わせ、戸惑いの表情を浮かべる。

俺はそんな少女の戸惑いに構うことなく、思いを伝え……

最後に顎《あご》に手を当て、自分の方へと向かせ、言った。


——キス……してもいいか？——

※

時は遡《さかのぼ》ること……早朝。

俺と愛梨は今日も二人揃《そろ》って登校していた。

互いに並んで歩いている。

しかし……俺たちの間に会話はない。

もちろん、手を繋《つな》いでいるということもない。むしろ、二人の距離は普段よりも離れていた。

「ねえ、聞いた？　あの二人……放課後、教室でキスしてたんだって」

「いくら何でも……普通、学校でする？」

「噂《うわさ》で聞いたんだけど……神代《かみしろ》さんの方から迫ったんだって！」

「えー、やだー」

「しかも帰りは手を繋いで帰ったって……」

「いくら幼馴染《おさななじみ》だからって……ちょっと調子に乗ってない？」

「風見《かざみ》君も大変だよねぇー」

風に乗ってそんな声が聞こえてくる。

俺たちが近くを通ると声を小さくするが、しかし噂話そのものを止める様子はない。

「……」

「……」

俺たちの間では長い沈黙が続き……

そしてその静寂を先に破ったのは愛梨だった。

「……ごめん」

顔を俯《うつむ》かせ、ポツリと呟《つぶや》くように愛梨はそう言った。

黄金の髪から覗《のぞ》く耳は、真っ赤に染まっていた。

※

そして学校が終わった後のこと。

俺たち二人は愛梨の部屋で時を過ごしていた。

特に用事がない場合、どちらかの家の部屋に、夕食の時間まで入り浸るのが俺たちの日常だった。

二人でゲームや勉強をしたり……時にはそれぞれ全く違うことをして過ごすこともあった。

「……もう少し、時と場所を選ぶべきだったな」

漫画を読んでいる最中、俺は思わずそう呟いた。

時と場所とはもちろん……「キスをする時と場所」のことである。

いくら何でも学校、それも放課後の教室は問題があった。

まだ部活動などで学校に残っている生徒たちがいたのだろう……誰《だれ》かに目撃され、早速噂話になってしまった。

俺たちは付き合っているわけじゃないのに……

これでは誤解が深まるばかりだ。

「そうね……今度からは気を付けましょう」

一方の愛梨は携帯を弄《いじ》りながらそう答えた。

何気ない言葉だが、しかし俺は引っ掛かりを覚え……思わず聞き返してしまう。

「……今度もあるのか？」

「えっ、あぁ……」

俺の問いに愛梨は言葉を詰まらせた。

ほんのりと頬《ほお》を赤らめ、恥ずかしそうに目を泳がせる。

そんな態度を取られてしまうと、こちらも恥ずかしくなってしまう。

「い、言い間違えただけよ……文句ある？」

からかわれた、揚げ足を取られたと感じたのか……愛梨はこちらを睨《にら》みつけてきた。

しかし今回についてはそのような意図はない。

俺は首を左右に振った。

「いや……聞いただけだ。特に深い意味はない」

「そ、そう……？　なら、いいけど……」

愛梨は気まずそうにしながらもそう言った。

俺もあの時の愛梨の蕩《とろ》けた表情を思い出してしまい……そわそわした気分になった。

「そもそも、唇と唇をただ触れ合わせたってだけで……大騒ぎし過ぎなのよ」

愛梨は眉《まゆ》を顰《ひそ》めてそう言った。

俺たちが教室でキスをしていたというのは、最近のクラス……否、学校に於《お》ける注目のトピックスになっている。

「その手の話はみんな好きらしいからな。……特に女子は」

俺は苦笑しながらも頷《うなず》いた。

注目のトピックス……と言っても、男子と女子の間には僅かに温度差があるように思えた。

「そうね。……別に私と一颯《いぶき》君が、どこで何をしていようが、〝他人〟には関係ないはずなんだけれどね？」

そう言って愛梨は小さく鼻で笑った。

〝女子〟である愛梨は一颯よりもいろいろと言われることも多かったのだろう。

どうやら鬱憤《うっぷん》が溜《た》まっているらしい。

それから愛梨は小さくため息をつき、俺の方を見た。

「あ、その漫画……」

「うん？　まずかったか？」

俺が読んでいたのは、愛梨の本棚の中に収められていた、いわゆる〝少女漫画〟だ。

高校生の恋愛をメインテーマにした、よくある王道ストーリーだ。

「いいえ。……それ、面白《おもしろ》い？」

「お前のだろう？　読んでないのか？」

「私のじゃないわ。人から借りたというか、押し付けられたというか……」

「なるほど、道理で」

愛梨は女子ではあるが、少女漫画、というよりは〝恋愛〟をテーマにしたような漫画や小説を好まない。

どちらかと言えば、努力・勝利・友情をテーマにしたようなバトルや冒険物の方を好んでいる。

　だからこそ本棚はその手の物語で溢《あふ》れており、この少女漫画は浮いていた。

「そこそこ面白かったぞ」

「へぇ……」

　俺の回答に愛梨は少し驚いた様子で、目を大きく見開いた。

「一颯君は男だけど、どういうところが面白かったの？　男の目から見ても、その女主人公のことを可愛《かわい》いとか、付き合いたいとか思ったりするの？　それとも、女主人公の方に感情移入して、ヒーローをカッコいいと思ったりする感じ？」

「ふむ、いや……別にそういうわけではないのだが……」

　さすがに女性に向けた作品である以上、男である俺が対象読者である女性と同じ気持ちで楽しむのは難しい。

「どちらかと言えば、人間関係とか、感情の機微を楽しむイメージかな？　別に感情移入できなくとも、楽しみ方はある」

「なるほどねぇー」

　愛梨は納得したようで、大きく頷いた。

　そして肩を竦《すく》める。

「私は感情移入するタイプだから。あまり楽しめなかったかな？　途中でやめちゃった」

「……それなら俺よりも楽しめるんじゃないか？」

女の子である愛梨なら、俺よりも主人公に感情移入するのは簡単なはずだ。

主人公に感情移入するタイプだと言うなら尚更だろう。

それともその肝心の主人公が嫌いとか……そういうことなのだろうか？

そんな俺の疑問に愛梨は答えた。

「恋したことないし、恋人が欲しいと思ったこともないから。……恋に熱中する主人公の気持ちがあまり理解できないのよね」

「それは……確かに俺もそうだな」

俺も恋愛物を読むことはあるが……感想として「俺もこんな恋がしたい」、「こんな女の子を恋人にしたい」と思うことはない。

恋愛そのものにはあまり興味はないし、積極的に恋をしてみたいとも思わない。

恋人を欲しがる人の気持ちもいまいち理解できない。

そんなことを考えていると、一瞬だけ「そりゃあ、恋人が既にいるやつらが恋人が欲しいと思うわけないだろ」『恋人は二人も要りませんからね』と呆《あき》れ顔を浮かべる友人たちの顔が思い浮かんだが……

首を大きく振って、それを思考から振り払った。

「そもそも手を繋いだり、キスしたりする程度で、大騒ぎする人間には感情移入できないし？」

「ふーん」

小馬鹿《こばか》にするような態度で小さく鼻を鳴らす愛梨に対し、俺は冷ややかな目を送ってしまう。

「キスしたりする程度」の割には随分と恥ずかしがっていたし、照れていた。

何より、〝デレている〟ように見えたのだ。

「そもそも、こんなことで好きになるの？　って疑問に思ってしまうというか。私はこんなことで心を動かされたりしないなぁーって思ってしまうというか……」

「じゃあ、試してみるか？」

「えっ……？」

「だから、ここに書いてあるやつ。実際にやってみようか？　実感が持てるかもしれないぞ？」

冗談のつもりで俺はそう言った。

すると愛梨はきょとんとした表情を浮かべる。

「やってみようって、一颯君が？　私に？　……何を？」

「だから……この漫画に描いてあるような……こと？」

俺は少し言い淀《よど》んでしまった。

冗談とはいえ、大胆なことを言ったことに気付いたからだ。

「……それで私が、感情移入できるようになるかもしれないって？」

「……実際に体験してみれば、変わるかもしれないだろ？」

俺は今更ながら、後悔し始めた。

というのも俺が漫画の登場人物を真似ることにより、愛梨が俺のことを好きになるかもしれない、ときめくかもしれない……そういう意味になってしまっていることに気付いたからだ。

一方の愛梨は……

「いやぁ、ないでしょ」

案の定、ニヤニヤと笑みを浮かべながら否定した。

「絵本の中の白馬の王子様みたいなイケメンならともかく……一颯君でしょ？　ありえないって。それとも一颯君、自分が白馬の王子様みたいな……その少女漫画に出てくるイケメン君並に、美形だと、自分でそう思ってるの？」

自意識過剰過ぎない？

そんな風にからかう愛梨に、俺は反論することができなかった。

全くその通りだと……恥ずかしい気持ちになってしまったのだ。

「い、いや……そういうわけじゃないけど……」

「それとも……あれ？　もしかして、私が実は一颯君のことが好きって勘違いしちゃってる？　それとも女の子はみんな、この漫画みたいなことをされたがってるって……思ってるの？」

これだから勘違い童貞は……困ったものね。

と、愛梨はわざとらしく肩を竦めた。

こういう言い方をされると、俺も言い返したくなる。

「別にそんな勘違いはしていない。ただ……試してみないと、分からないだろ？」

俺が反論すると、愛梨は大袈裟《おおげさ》に手を振って否定する。

「いやいや、あり得ないから。そりゃあ、一颯君も顔がいいのは否定しないけどさ。私にとって一颯君は幼馴染で、慣れ親しんだ、見知った顔だし？」

俺は愛梨の言葉に思わず眉を顰めた。

ここまで否定されると、逆に否定し返したくなるし……

それに愛梨の言い分には納得がいかない。本当に俺に対して何も感じるはずがないのであれば、説明できないことがいくつもあるからだ。

「……でも、お前、あの時、照れてたよな？　顔も赤かったし」

俺はあの時の、愛梨の蕩けた顔を思い出しながらそう指摘した。

すると、余裕綽々《しゃくしゃく》だった愛梨の表情に動揺の色が浮かび上がった。

「そ、それは……初めてで、緊張してたからで……」

「なら、二回目は大丈夫ということか？」

俺がそう尋ねると、愛梨の顔が仄《ほの》かに赤く染まった。

「な、何言ってるの⁉　に、二回目って……」

愛梨はそう言いながら、自分の唇を手で覆《おお》うように隠した。

それから少し顔を引き攣《つ》らせながらも、笑みを浮かべてみせた。

「ははーん、分かった！　さては一颯君……私とキスしたいんでしょ？　むっつりスケベだなぁ。もしかして、私のこと、好きだったりするの？」

愛梨はそう言いながら再び俺をからかい始める。

しかし妙に早口なところを見るに、苦し紛れの反論であることは明らかだった。

「わ、悪いけど、私は別に、一颯君のことなんか、これっぽっちも……」

「そうやって、逃げるつもりか？」

俺の言葉に愛梨は目を吊《つ》り上げた。

「逃げる？　……私が？　別にそんなんじゃないわよ。ただ……」

「別に俺のことなんて、どうだっていいんだろう？　なら、試してみたって何の問題もないだろ？　それとも怖いのか？」

最初は冗談のつもりだったが……

ここまで来ると引っ込みがつかない。

俺はこのまま押し切るつもりで愛梨を挑発する。

「べ、別に怖くないし……」

「ならいいだろ？　試してみても、損はないはずだ」

「……」

俺の言葉に愛梨は押し黙った。

そして……小さく肩を竦めた。

「あー、はいはい。分かったわ。試してみましょう。……無駄だと思うけどね」

愛梨はそう言うと俺に向き直り……尋ねた。

「で、何をするの？　……もしかして、また、キス？」

「そうだとしたら、何か、不味《まず》いのか？」

俺の言葉に愛梨は小さく鼻を鳴らした。

「いや……前回と同じことをしてもなぁーって。結果は見えてるでしょ」

芸がないと馬鹿《ばか》にしているのか。

それとも照れ隠しなのか。

案外、しても良いと思っているのか。

どれが愛梨の本音かは分からなかったし。

もしかしたらどれでもないのかもしれないし、全《すべ》てかもしれない。

「同じことをするつもりはない」

「ふーん。まあ、いいけど。……乗ってあげる。面白そうだし」

キスじゃないと分かり、余裕を取り戻したのだろうか？　愛梨は如何《いか》にも余裕ですという表情でそう言った。

言葉の通り、これから俺がすることに少し興味があるようでもあった。

もっとも……俺は本気だ。

本気で愛梨をデレさせるつもりで、落とすつもりでやる。

そうでなければ、きっと愛梨には響かないだろう。

「じゃあ、そこに立ってくれ」

「別にいいけど、何をするの？」

「それはすぐに分かる」

俺は愛梨を立たせ、そして〝それ〟をやるのに都合が良さそうな位置に調節する。

そしてきょとんとしている愛梨の前に立つ。

「一応、断っておくが……これからやるのは全部、冗談だからな？」

念のために俺はそう前置きをした。

すると愛梨は小馬鹿にしたように肩を竦めた。

「はいはい、冗談ね。冗談……」

ドン！

と、俺は強く壁——愛梨の顔の真横に手を突き、愛梨の言葉を遮《さえぎ》った。

大きな音に愛梨はビクっと身体を震わせた。

一瞬、驚いた表情を浮かべた愛梨だが……すぐに不敵な笑みを浮かべた。

「あ、あぁ……なるほど、そういう……」

あなたの狙《ねら》いは分かったわ。でも、その程度で私はデレたりはしないわ。

と、そんな感じのことを言おうとしたのだろうが？

「愛梨！」

俺は愛梨の名前を大きな声で叫び、強引《ごういん》にその言葉を遮った。

そして愛梨の青色の瞳を見つめながら、ゆっくりと距離を詰めていく。

すると愛梨はそれに押されるように、自然と後退《あとずさ》り……背中を壁に付けた。

「ちょ、ちょっと、ち、近すぎ……」

そのまま愛梨の顔に顔を近づけようとすると、ぐっと、両手で胸板を押し返された。

しかし所詮は女の子の力だ。

普段なら押し負けてあげるところだが、今日はそういう気分ではないし、そのつもりもない。

俺が少し力を強めると……

「っく……」

あっさりと、距離を詰めることができた。

その気になれば、〝強い〟のはこちらの方なのだ。

互いの吐息が感じられるほどの距離まで顔を近づけると、愛梨は視線を泳がせた。

それから俺の視線から逃げるように、顔を左へと向けた。

そんな愛梨に対して俺は……

ドン！

と、強く左側の壁を叩《たた》くように、手を突いた。

「ひぅ……」

ビクっと愛梨は身体を震わせると、小さな悲鳴を上げた。

「い、いや……そ、その、も、もう……わ、分かったから……」

「愛梨」

俺は真っ赤に染まった彼女の耳に唇を近づけ、そっと名前を囁いた。

すると愛梨は耐えきれなくなったのか、小さく身を屈めた。

俺の両腕の隙間《すきま》から逃げたかったのだろうが……

その前に俺は彼女の足と足の間に、膝《ひざ》を割り込ませた。

体と体をぴったりと密着させ、逃げられないように隙間も無くしてしまう。

「愛梨……」

金色の髪から覗く、白い耳に向かって、息を吹き込むようにしながら、俺は再び彼女の名前を口にする。

擽《くすぐ》ったそうに愛梨は暴《あば》れようとするが、身体を動かすことは叶《かな》わなかった。

「も、もう……い、いいでしょ？　む、無駄だから……こ、この程度で、私は……」

明らかに恥ずかしそうにしているのに。

照れているのに。

効いているのに。

デレているのに……

尚も認めようとしない愛梨に対して俺は……


「好きだ、愛梨」


囁いた。

これにはさすがの愛梨も驚いたのか、身体を硬直させた。

それからこちらの様子を伺うように、上目遣《うわめづか》いで俺の顔を見上げた。

「じょ、冗談でしょ？　わ、分かってるんだから……」

「冗談でこんなことは言わない」

真剣な声で、一切《いっさい》の淀《よど》みなく俺はそう言い切った。

「い、いや……さっき、冗談って……そ、そもそも、前、私のことが好きじゃないって……」

困惑と動揺の色を浮かべる愛梨に、俺は淡々と言葉を紡《つむ》ぐ。

「あの時は気付いてなかった。……気付かせてくれたのは、お前だ」

「え、えっと……」

「あの時……キスして以来、ずっとお前のことばかり考えている」

——愛梨。

そしてもう一度、彼女の名前を呼ぶ。

「お前は、どうなんだ?」

「い、いや、その……別に好きじゃないって……キスも大したことないって……」

「愛梨」

俺はそっと、左手で愛梨の顎に触れた。

ビクっと、愛梨は再び体を震わせる。

俺は知っている。

愛梨の弱点を。

「俺の目を、見てくれ」

そう言いながらゆっくりと優しく、しかし愛梨が抵抗できないような力加減で……

愛梨の顔を自分の方へと向けた。

「愛梨は、どうだった?」

こつん、と額と額を合わせる。

額からじんわりと体温が伝わってきた。

「ど、どうって……」

「キスした時、本当に何ともなかった？」

ひゅっと愛梨が息を飲む音が聞こえた。

愛梨は顔を真っ赤にさせ、震える声で答える。

「わ、私は、別に……き、キス、なんかで……」

「俺はもっとしたいと思った」

俺の言葉に愛梨は目を大きく見開き、視線を右往左往させた。

混乱で言葉を失っている愛梨に、俺は尋ねた。

「愛梨。……しても、いいか？」

俺の問いに愛梨は慌てた様子で、そのピンク色の唇を小さく開いた。

「な、何を……」

そんな愛梨の問いに対し、俺ははっきりと低い声で問い返す。


「キス……してもいいか？」


ごくりと、愛梨が唾を飲み込む音がした。

ドクドクとした心臓の鼓動が、愛梨の動揺が、緊張が……密着した身体から伝わってくる。

「そ、それは……」

「何ともないなら、してもいいよな？」

ダメと、そう言われる前に俺は愛梨の否定を防いだ。

「そ、そんなこと、い、言われても……」

ダメとも、はいとも愛梨は答えなかった。

俺はそんな彼女の顎を軽く持ち上げる。

「ダメじゃないなら、するぞ？」

力が抜けてしまっているのか、それとも抵抗する気がないのか……あっさりと愛梨の顎は持ち上がった。

俺はゆっくりと彼女の唇へと自分の唇を近づけていく。

すると愛梨はギュっと目を瞑《つむ》り、唇を固く結ぶ。

俺はそんな彼女の唇に……


「ふっ……」


軽く息を吹きかけた。

すると……

「だ、だめぇ……」

愛梨は気の抜けた声で「ダメ」と言いながら、へなへなと膝から崩れ落ちた。

股の間に割り込ませていた膝に、愛梨の体重が圧《の》し掛かった。

俺は慎重に愛梨の身体を自分の方へと倒し、優しく抱き留めた。

そしてそのままゆっくりと、床の上に座らせた。

女の子座りのまま顔を俯かせ、ぷるぷると体を震わせる愛梨を見下ろしながら……俺は言ってやった。

「俺の勝ちだな」

勝ち誇るのもほどほどに、俺は愛梨の反論と言い訳に備えて身構えた。

しかしいくら待てども愛梨は何も言わない。

顔を俯かせたまま、胸に手を当て、ひゅーひゅーと荒く呼吸をしている。

そんな愛梨を見ていると、俺は少しだけ……不安になってきた。

「あー、その、愛梨。さっきのは冗談というか……だ、大丈夫か？」

俺はゆっくりと慎重に近寄りながら、そっと愛梨に声を掛けた。

しかし愛梨は何も答えず、ただただ震えるばかりだ。

怖がらせてしまったのか?

泣かしてしまったのか?

不安と罪悪感、後悔が今更になって湧《わ》き上がってくる。

「こ、怖かったか……? ご、ごめん……調子にのった。その……あ、愛梨?」

俺が謝ると……

突然愛梨は顔を上げた。

その瞳は潤《うる》み、頬は薔薇《ばら》色に染まっている。

「一颯君……」

「えっ、いや……その、あ、愛梨……さん?」

突然、愛梨は俺の肩を摑《つか》んできた。

そしてそのまま、体重を掛けてくる。

抵抗しようと思えばできたが、しかし愛梨を傷つけるかもしれないと思うと、そんなことができるはずもなく……

されるがままに押し倒される。

「……一颯君」

トンっと、音を立て、愛梨は床に両手を突いた。

愛梨の両腕に俺の顔が挟まれる。

その体勢は先ほど、俺が愛梨にやっていたのと……殆《ほとん》ど同じものだった。

違いがあるとすれば、壁か床かくらいのものだ。

「ど、どうした……？」

思わず俺はそう問いかけた。

すると愛梨は小さな声で答えた。

「……なっちゃった」

「……え？」

俺は思わず聞き返す。

すると愛梨はどこか熱を帯びた表情で……はっきりと言った。

「一颯君のこと……好きになっちゃった」

※

「どうしよう、一颯君……」

愛梨は俺の上に乗ったまま、自分の胸を両手で押さえつけた。

布地を押し上げていた膨らみに愛梨の手が沈み込む。

「胸のドキドキが……止まらないの」

「……愛梨」

肌を薔薇色に染め、瞳を潤ませながら、愛梨はゆっくりと俺の顔を覗き込んだ。

赤くふっくらとした唇が、俺の唇へと近づく。

「一颯君……」

どこか熱の籠《こも》った声で、愛梨は俺の名前を呼ぶ。

その色っぽい表情に俺は思わず息を飲む。

「愛梨……」

俺もまた愛梨の青色の瞳を見つめながら……

「無理があるぞ」

静かにそう言った。

ビクっと、愛梨の表情が一瞬だけ引き攣る。

「冗談でこんなこと、言うと思う？」

酷い……

と、悲しそうな表情を浮かべた。

一方で俺は大きく頷いた。

「うん」

「そんな……」

「だって二番煎じだからな」

ついさっき、同じことを愛梨にしたばかりだ。

全く同じことをされて騙《だま》されるほど、俺は素直じゃない。

そもそもあの程度のことで愛梨が俺のことを好きになるはずがない。

……はずだ。

だから絶対に今のは愛梨の嘘《うそ》で、演技だ。

……多分。

俺は自分の判断は間違ってないと心の中で繰り返しながら、愛梨を正面から見つめた。

一方の愛梨は見る見るうちに不機嫌そうな表情に変わっていく。

「……ない」

「何だって?」

「つまんない!」

愛梨は大きな声で叫んだ。

そして不機嫌ですと主張するように頬を膨らませて見せた。

そして俺の胸板を両手で強く叩いた。

俺に良いようにやられ、やり返したにも関《かか》わらず、失敗した。

それが恥ずかしいのか、それとも自分の思い通りに進まなかったことが面白くないのか……駄々っ子のように愛梨は「つまらない」と俺に文句を言いながら、頬を膨らませる。

「嘘でも騙されておくものでしょ！　私だって……」

「いやぁー、申し訳ない。愛梨さんのように、演技が上手じゃなくてさぁー」

俺は内心で安心しながら笑みを浮かべてみせた。（正直、四割くらいの可能性で「もしかして俺のこと本当に好きになっちゃったんじゃ？」と勘違いしそうになっていたことは絶対に内緒だ）

「さっきのやつはともかく、その前のやつは中々の名演技だったぞ。てっきり、俺の演技を本気にして、腰が砕けてしまったのかと……騙されかけたよ」

俺の言葉に、カァァァァッと愛梨の顔が真っ赤に染まった。

やはり照れていたのは、ちょっとデレたのは本気だったらしい。

それを誤魔化《ごまか》すため、全部演技ということにしようとしたのだ。

「て、照れてないし！　全部演技！　あ、あんな安い言葉で私がどうこう、なるわけないじゃない！」

やはり演技ということにしたいらしい。

だが、顔を真っ赤にして、必死に否定されても、説得力がない。

「だ、大体、キスくらいどうということもないし！　したいならすれば？って感じ。ま、まあ、むっつりスケベな一颯君にとっては別なのかもしれないけれど……」

「どういうこともないなら、やってみたらどうだ？」

「えっ……」

俺の言葉に愛梨は固まる。

これを機にこの生意気な幼馴染をやり込めてやろうと、俺は挑発する。

「俺は別にどういうこともないが。お前もどういうこともないなら、できるよな？　前回は俺の方からキスしたわけだし、次はお前の番だろう？」

どうせできないだろうな。

と、そう思いながら俺は愛梨を挑発する。

一方の愛梨は……俺の予想通り、目を逸らした。

「い、いや……確かにどういうこともないけど。だからといって、気軽にするものでもないし……」

「ふーん」

「あ、分かった。そういう作戦なんでしょ？　むっつりスケベだなぁ、一颯君は……」

「まあ、お前がどう捉《とら》えるかは、お前の勝手だけどな」

俺がお前についてどう捉えるかも、俺の勝手だけど。

という意図を込めて、俺は愛梨にそう言った。

すると愛梨は俺の顔をキッと睨みつけた。

「じゃ、じゃあ、一颯君がエロガキってことで解釈するけど……」

そこまで言いかけてから、愛梨はギュっと、俺の服を強く握りしめる。

そして目を吊り上げながら、艶《つや》やかな唇を動かした。

「お望み通り、してあげるわ」

「……別に無理しなくてもいいんだぞ？」

「何？　怖気《おぞけ》づいたの？」

すると顔を真っ赤にしたまま、愛梨はニヤっと笑みを浮かべた。

「まさか！　お前とのキスなんて、どうということはない。……前回もそうだった」

俺は自分自身を鼓舞するように強い口調でそう言い返した。

すると愛梨は小さく鼻を鳴らした。

「ふ、ふーん……じゃ、じゃあ、するけど。いいの？」

「最初からそう言っているだろう？」

「そ、そう？　じゃあ……するから。動かないでね。目も逸らしちゃダメだから。……ちょっとでもそういう素振り見せたら、本当は嫌だと判断するから」

「前置きが長いな。本当は嫌なんじゃないか？」

「そう言う一颯君こそ。　言っておくけど、私にとっては、どうということもないから」

「なら、早くしろよ。あと……お前も目は逸らすなよ？　逸らしたら、恥ずかしがってると判断するからな？」

「わ、分かっているわよ。……目も、瞑っちゃダメだからね！」

「お前もな！」

「す、するわよ！」

愛梨は怒鳴るように叫んだ。

「しろよ！」

俺も怒鳴るように叫ぶ。

すると愛梨は意を決したように、ゆっくりと顔を近づけてきた。

その妖精のように可愛らしい容姿、ふっくらとした官能的な唇が近づいてくる。

俺は碧《あお》い宝石のような瞳から目を逸らさず、じっと見つめる。

愛梨もまた、決して目を逸らさない。

瞳孔の中に俺の顔が映り込む。

そして……

ガチャッと。

ドアノブを捻《ひね》る音がした。

「愛梨ちゃん！　一颯君！　ケーキ買ってきたんだけど……」

俺と愛梨は一瞬、硬直し……

そして声のした方を揃って向いた。

そこにいたのは愛梨と同じ髪色の女性……愛梨の母親だった。

彼女もまた、俺たちと同様に口を開けたまま固まり……

「……ごめんなさい」

ドアを閉めた。

俺と愛梨は思わず顔を見合わせた。

愛梨の顔はやはり真っ赤で……

そして俺の顔もまた、気が付くと熱くなっていた。

「……ごめん」

いそいそと、愛梨は俺の上から退いた。

それから気まずそうに顔を背けた。

「いや……俺が悪かった」

俺もゆっくりと、起き上がった。

思わず自分の頭を手で掻《か》く。

しばらくの沈黙。

　俺は愛梨の様子を伺い、再び口を開く。

「「あの……」」

　声が重なった。

　余計に気まずくなる。

「……そ、その、どうぞ」

「いや、愛梨から……」

「た、大したことじゃないから……」

「俺もそうだが……」

　しかしこのまま譲り合っても埒《らち》が明かない。

「……仮にどうということはなかったとしても」

「うん」

「気軽にして良いものではないな」

「そ、そうだね。うん、私もそう思う。……風邪を引いたりしてたら、うつっちゃうしね」

「虫歯もうつるらしいからな」

「うんうん。極力、するべきじゃないわ」

「そうだな、うん。仮に好きであっても、するべきではない」

「そうよね！　キスなんて、どうかしていると思うわ！」

「ただの唾液の交換だしな」

「何の意味もないものね。不衛生なだけ！」

キスなんてするもんじゃない。

そういうことになった。

もっとも、それからしばらく、俺たちは互いの顔を見ることができなかった。

※

それは一颯君が帰った後のこと。

「ああ！　ダメ、読めない!!」

バタン！　と私は少女漫画——クラスメイトから借りた物——を前にして顔を覆った。

借りたからには最低限、一巻は読むのが義理だと考えていたが……どうにも先が進まない。

「ああ、もう……」

私はそっと指の隙間から、開いているページへと視線を向けた。

そこは丁度、女主人公（ヒロイン）が、幼馴染の少年から壁ドンで接吻《せっぷん》を迫られているシーンだった。

少年はどこかで聞いたことがあるような台詞を、女主人公に吐いていた。

「こ、こんな恥ずかしいこと……書く方も、読む方も、実際にやる人も、どうかしてる！」

私は顔を背け、目を瞑りながら漫画へと手を伸ばし、バタッとページを閉じた。

そして上がった動悸《どうき》を治めようと、深呼吸をする。

気が付くと私の顔はとてつもなく熱くなっていた。

「い、イライラする……！」

私は思わず地団駄を踏んだ。

一颯君にしてやられたことが、どうしても許せない。

自分に恥を掻《か》かせておいて、飄々《ひょうひょう》とした態度をしていた一颯君が許せない。

「……むしゃくしゃする！」

だから、そう――

こんなに身体が熱くて、身体の奥が切なくて、心臓がドキドキしてしまうのは……

決して一颯君を、幼馴染を男性として意識してしまったわけじゃない。

漫画の中の登場人物に、自分と一颯君を重ね合わせてしまったからでもない。

――恋とか、そんなものでは、断じてない。

私が一颯君のことを好きなんて、あり得ない。

一颯君が私のことを好きなら、ともかくとして……

「……そうよ。私が一颯君のことを好きなんて……わ、私の方からアプローチを仕掛けているって、どうしてそんな話に……」

私は思わず爪《つめ》を噛《か》む。

ここ最近クラスで……否、学校でアツくなっている話題。

つまり私と一颯君が教室でキスしていたと、イチャイチャしていたと、私たちがやっぱり付き合っていたという話について……

私はどうしても、許せない点が一つあった。

それは私が一颯君へと迫ったという点についてだ。

そう、噂では私の方から一颯君にキスをねだり、甘えたという話になっている。

……いや、キスしようと言い出したのは私だからその点は必ずしも間違っていないでもないが、それでも納得がいかない。

「ぎゃ、逆でしょ……一颯君が私のことが好きで好きで仕方がないならともかく、私が一颯君のことが好きで好きでたまらないなんて……どうして、そうなるの⁉」

もっぱら、噂では私の方が一颯君のことを好きという話になっていた。

そして一颯君は私に仕方がなく、付き合ってあげている……そういうことになっている。

「私と一颯君が付き合ってるのは、一颯君が優しいからって……どういう理屈よ。ああ、腹立つ……」

実のところ、一颯君はそれなりにモテる。

だからこそ、一颯君のことが好きな子は私と一颯君の仲が良いのが許せないらしい。

故に一颯君が私と付き合っているのは、一颯君が私のことが好きだからではなく、一颯君が優しくて幼馴染のことを見捨てられないからだと……そういう話になっているのだ。

あんな我儘《わがまま》で自分勝手でナルシストな女と、風見一颯が付き合っているのは、そうとしか説明できないと。

「そもそも付き合ってないし……」

でも、確かに一颯君と私が仲良しでいられるのは、幼馴染だからで……幼馴染じゃなかったら、きっと、一颯君は私なんかと……

それにもし一颯君が優しくなかったら、きっと私は今頃《いまごろ》……

昔はいろいろ、振り回したし、意地悪もしたし、今でも酷い態度を取っちゃうし、素直になれないし……

「ち、違う！」

頭に浮かんだ暗い考えを私は振り払った。

どうしてこんなに私が後ろ向きなことを考えなければいけないのか。

それはきっと、一颯君に〝負けた〟と……そう思っているからだ。

対等な幼馴染であるにも関わらず、負けてしまった。

今回も……思い返せば、その前の、キスの時も……情けない姿を晒した。

「ここは一つ、勝ち星をあげないと……」

対等な関係に戻れない。

「とりあえず、童貞が好きそうな漫画やラノベでも漁ろうかしらね」

私は一颯君への逆襲計画を練ることにした。

私が本気になったら、凄いってことを……わからせてやる！

第三章 ＊ わからせドッキリ編 ＊

ある日、俺《おれ》は学校の屋上にいた。

目の前にはセーラー服に身を包んだ女の子がいる。

金髪に碧《あお》い瞳《ひとみ》の、妖精《ようせい》のように可憐《かれん》で美しい少女だ。

少女はじっと、俺の目を真剣な面持ちで見つめていた。

「……一颯《いぶき》君はさ」

金髪の少女はゆっくりと、距離を縮めてきた。

普段と異なるその雰囲気に気圧《けお》され、俺は思わず半歩だけ後ろに下がった。

「私が……ただの悪戯《いたずら》で、こんなはしたないことをするような子だと、思う？」

悲しそうに少女はそう言った。

思わぬその言葉と、表情に俺は動揺を隠せない。

「……私が、好きでもない人に、こんなこと、すると思う？」

ドクドクと心臓が激しく鼓動する。

「そんな女の子だと、思ってるの？」

少女は一歩ずつ、俺に対する距離を詰めていく。

それに対して俺は一歩ずつ、後ろに下がる。

「ねぇ、一颯君」

気が付けば俺は屋上の端に追い詰められていた。

少女は俺の顔を覗《のぞ》き込みながら……問い詰めた。

「一颯君は……私のこと、どう思ってる？　一颯君にとって、私は……何？」

その問いに対して俺は……

※

「今頃《いまごろ》になって出てきたな……」

俺は雲の合間からようやく顔を出し始めた太陽を睨《にら》みつけながら、思わず呟《つぶや》いた。

つい先ほど、俺たちの高校では水泳の授業が行われていた。

授業時間中、ずっと太陽は隠れていて、そして風も強かった。

水温もいつもより低く、俺は寒さに震えながら泳ぐ羽目になった。

と、そんな経緯で冷え切った体を少しでも温《あたた》めるべく……俺は窓際に移動し、太陽の光を浴びることにした。

「……これで最後か」

日の光を浴びながらしみじみと呟く。

今日は最後のプールの授業だった。

ひとまず、当分の間は寒さに震えながら授業を受ける必要はない。

……もっとも、今度は持久走が始まるのだが。

そんなこんなで俺が日向ぼっこで身体を温めていると……

突然、教室が騒がしくなった。

着替えを終えた女子たちが戻ってきたのだ。

そしてその中には愛梨《あいり》もいた。

愛梨はきょろきょろと教室を見渡し……そして俺を見つけると、真っ先に駆け寄ってきた。

「あぁ……寒かった……」

そう言う愛梨からは普段の香水の匂《にお》いに混じり、仄《ほの》かに塩素の香りがした。

僅《わず》かに湿った髪と、服が濡《ぬ》れないようにと肩からタオルを掛けている様は、何となく〝お風呂《ふろ》上がり感〟があり、少し新鮮で、そして艶《つや》っぽく見えた。

「こんな時期にプールなんてやらないで欲しいわ。……一颯君もそう思わない？」

「その通りだな。正気の沙汰《さた》じゃない」

俺は愛梨に同意するように頷《うなず》いた。

だよね。と愛梨は頷くと、寒そうに体を震わせた。

「ああ、寒い……一緒に当たってていい？」

「いいけど、焼石に水だぞ」

ようやく顔を出し始めた太陽君だが、まだ本調子ではないらしい。

身体を温めるには不十分だ。

「そうね……あ！」

愛梨は唐突にポンと手を打った。

「いいこと、思いついた！」

「……いいこと？」

「身体を温める方法。……知りたい？」

ニヤっと愛梨は笑みを浮かべた。

これは何かを企《たくら》んでいるなと俺は直感したが……

「……本当に身体が温まるなら」

頷いた。

すると愛梨はカーテンを手に取ると、少しだけ閉めた。

俺と愛梨の二人だけがカーテンの内側に入る形になった。

「こうすると……微妙に温かくなるでしょ？」

「いや、まあ……確かに温かいけど……」

なるほど、確かに太陽の光が僅かにカーテンに反射することで、先ほどよりは温かくなった……気がする。

「でも……」

〝いいこと〟と言えるほどの物じゃないだろ。

と、俺が言おうとした……その時。

「えいっ！」

愛梨はそんな声を上げると俺に抱き着いてきた。

少し冷たく、しかし柔らかい物が俺の体にぴったりとくっついた。

塩素と俺が良く知る愛梨の香水の匂いがより強く感じられた。

「お、おい！」

「ほら、温かいでしょ？」

愛梨はニヤニヤとした笑みを浮かべながら、ますます俺に自分の体を押し付ける。

服の上から柔らかい双丘の感触と、愛梨の体温が伝わってくる。

動揺と共に俺の体温が自然と上がる。

「い、いや……そ、そういう問題じゃ……」

「どういう問題？　こうして身体を温めることは、健康にも良いと思うけど」

「い、いや、その、当たって……」

胸が当たっている。

俺は抗議しようとするが……しかし愛梨は意に介さず、むしろ挑発するように笑った。

「それがどうしたの？　もしかして……幼馴染《おさななじみ》のこと、女の子として、意識しちゃったりするの？」

愛梨は身体をピッタリと、俺の身体に密着させ、そう言った。

そしてぐいぐいと窓際の方へと、俺を追いやっていく。

「ま、まさか……お、お前を相手に、そんなわけ……」

「じゃあ、何が問題？」

俺を窓際に追い詰めると……

愛梨はスカートから伸びる足を俺の両足の間に割り込ませた。

足と足が絡《から》まり、スカートとズボン越しとはいえ……互いの下半身が密着する。

これには思わず緊張してしまう。

「こ、ここは……きょ、教室だぞ」

「……それが？」

「い、いや、お前との関係が……その、ますます周囲の勘違いとか、からかいとかが……」

「カーテンで見えないわよ？　……ここは二人っきり」

愛梨は俺の耳元でそう囁《ささや》いた。

俺は反論しようと言葉を探るが、しかし動揺のせいか的確な言葉が浮かばない。

「……もう、いい。好きにしろ」

俺は呟くようにして言った。

もちろん、負けを認めたわけではない。……愛梨の気紛《きまぐ》れを許してやっているのだ。寛大な心で。

「うん、好きにする！」

愛梨は嬉《うれ》しそうな笑みを浮かべると、両腕でギュッと俺の体を強く抱きしめた。

愛梨の身体の柔らかさ、温かさ、そしてその女の子らしい匂い……

それらを意識しないように俺は窓の外を眺めながら、休み時間が終わるまでひたすら耐え忍ぶことにした。

※

「温かくなってきた……！　一颯君はどう？」

私は一颯君に抱き着きながらそう問いかける。

「……そうだな」

すると一颯君は窓の外を見ながら、ぶっきらぼうに答えた。

別にお前のことなんか、興味ない……そんなことを言いたそうな態度だ。

しかしそんな態度を取っている時点で、一颯君が私を意識していることは明白だ。

それを確かめるために、私は軽くつま先立ちをして……

「窓の外、何か見えるの？」

一颯君の耳元でそう囁《ささや》いた。

同時に胸を押し当てながら揺すり、絡めていた足同士を軽く擦《こす》り合わせる。

すると……

「……っ！　べ、別に何も」

一颯君はビクっと身体を震わせた。

気が付けば耳も真っ赤《まか》に染まっている。

「何もないのに、見てるの？　変なの……」

私は思わずほくそ笑んだ。

言うまでもなく……私のこの一連のスキンシップ行為は一颯君への逆襲計画だった。

以前、やり込められた仕返しであり、一颯君をぎゃふんと言わせて、わからせてやるのが目的である。

もっとも、これは一颯君がどれくらいスキンシップ行為に弱いかどうかを試すための小手調べでしかない。

私の独自研究によれば、男（特に童貞）という生き物は、女の子に触れられるだけで「こいつ、俺のこと、好きなんじゃ……」と勘違いしてしまう悲しい生き物らしい。

もちろん、私と一颯君は幼馴染同士で、普段から距離感も近い。

でもさすがに密室状態でハグされると、動揺を隠せなくなるようだった。

さらに攻勢を強めるべく……私は一颯君の首元に鼻を近づけた。

そしてすんすんと……少しわざとらしく、一颯君の匂いを嗅《か》いで見せた。

「お、おい……！」

さすがに恥ずかしいのか、一颯君は私の肩を摑《つか》み、引き剝《は》がそうとした。

引き剝がされる寸前に一颯君の顔を見上げ、微笑んだ。

「プールの匂いがするね」

すると一颯君は恥ずかしそうに顔を背《そむ》け、再び窓の外を見てしまう。

「それは……お前も同じだろ」

そして小さな声でそう言った。

「そう言えば……今年の夏は一颯君とプールに行ってないね」

「そ、そうだな……」

「来年は行きたいね。……それとも、温水プールにでも行く？　あ、そうだ！　ひさしぶりに勝負する？　昔は何度も競ったよね？」

特別にプールに行きたいというわけではないが、話題の一つとして、〝一緒にプールに行こう〟という話をしてみた。

一颯君は私の水着姿を勝手に想像して、一層私を意識するのではないかと思ったからだ。

「……好きにすればいい」

私の問いに一颯君は日和見気味の回答をした。

行きたくないのであれば、行きたくないと言うので、本当は行きたいのだろう。

それは単純に泳ぎたいからか、それとも私と一緒に遊びたいからか、それとも……

「私は一颯君の意見を聞いてるの」

「俺はどっちでも……」

「私と一緒にプール、行きたい？　行きたくない？」

「べ、別に……行きたくないわけでは……」

「じゃあ、行きたいってことだね？　そう解釈していい？」

「……」

一颯君は無言だった。

とはいえ、否定しないということはつまりそういうことなのだろう。

「私の水着、見たい？」

私はさらに尋ねる。

「は、はぁ……？　何を急に……」

「見たい？　見たくない？」

「み、見たいわけ、ないだろ」

「素直じゃないなぁ」

私は思わず笑った。

今、私は最高に良い気分になっていた。

というのも一颯君の態度が新鮮で、そしてまた懐かしさも感じられるものだからだ。

昔は少し手を繋《つな》いだり、抱き着いたりするだけで一颯君は恥ずかしがり、照れたりしてくれたのだ。

しっかり私を意識していると、明確に示してくれた。

高校生になってから、過剰なスキンシップ行為を控えたこともあり、そういう態度を見る機会は減ってしまったが……

一颯君の私に対する意識が変わったわけではなかったようだ。

しかし当然と言えば当然だ。

私だって一颯君に魅力を感じないわけではないのだ。

例えばこの……ゴツゴツとした硬さと凹凸のある筋肉。

これは女の子である私にはない物だ。

……昔はひょろひょろだったのに、いつの間にこんなに立派になって。

やっぱり隠れて筋トレとかしているのだろうか？

「お、おい……人の体を弄《いじ》るな……く、擽《くすぐ》ったいだろ」

と、服の上から一颯君の筋肉を確かめていると、苦情を言われた。

少し露骨に触り過ぎたらしい。

「あら、ごめんなさい。……この硬い感じは、私の身体にはないものだから」

あくまで学術的な興味だから。

という感じで私は誤魔化《ごまか》すことにした。

すると……

「な、か、硬いって……だ、誰《だれ》のせいだと……」

何故《なぜ》か、一颯君は上擦った声を上げた。

今まで以上に動揺しているように見える。

「……私のせいなの？」

筋肉が硬いのが、私のせいとは……どういう意味だろうか？

よく分からない。

「あ、当たり前だろ！　こ、こんなにくっ付かれたら、さすがに……」

なるほど、筋肉が強張ってしまったということか。

それなら確かに私のせいだ。

「なに？　一颯君……もしかして、私に抱き着かれて緊張しちゃったの？」

「き、緊張というか、そ、その……」

どうにも歯切れが悪い。

私の指摘は中《あた》らずと雖《いえど》も遠からず……という感じかな？　少なくとも図星というわけでもないようだ。

あ、分かった！

「ははーん、もしかして……私のことを思って、毎日トレーニングしてるんだ」

私の前でカッコつけたいから。こうやって触られた時に、だらしない体だと思われたくないから。

毎日、筋トレをしているんだろう。

可愛《かわい》いところもあるものだ。

と、私は一颯君をからかってやった。

すると……

「そ、そ、そ、そんなわけ、な、ないだろ⁉」

どうやら私の指摘は図星だったらしい。

一颯君は声を震わせながら、大袈裟《おおげさ》に首を左右に振って否定した。

「全部が全部、そういうわけじゃないってことかしら？」

「あ、当たり前だろ！　そ、そもそも、毎日なんて……」

「じゃあ、少しはあるんだ」

ニヤっと私は笑みを浮かべながらそう尋ねると……

一颯君は顔を真っ赤にして、黙り込んでしまった。

「そんなに恥ずかしがることないじゃない。……そうだ、今度、一緒にする？　勝負してみようか？」

私も筋トレはしている。

勝負してみるのも悪くはないかもしれないと、私は思いながら一颯君にそう尋ねてみた。

「ば、馬鹿《ばか》！　い、一緒にできるか！」

「……嫌なの？」

「い、嫌と言《い》うか……そ、そういう問題じゃなくてだな……」

「じゃあ、どんな問題？」

「そ、それは……」

一颯君が言いかけたその時。

休み時間の終わりと、授業の開始を告げるチャイムの音がした。

「も、もう、始まるぞ！」
「……そうね」
少し名残《なごり》惜しい気持ちになりながらも、私は一颯君から離れた。
すると一颯君は逃げるようにカーテンを開け、そして自分の席に座った。
……そんなに恥ずかしがらなくてもいいのに。
私はそう思いながら一颯君の隣の席に座った。
まあ、いいや。とりあえず、小手調べは終わり。
そろそろ……本気を出そうかな？
次の計画を練りながら私は隣に座る幼馴染の方を向いた。
すると、偶然目が合った。
私のことが気になって、気になって、仕方がないらしい。
私はそんな一颯君に精一杯の可愛い笑顔を送り、軽く手を振ってあげるのだった。

※

き、気味の悪い笑顔だ……
俺はこちらに手を振る愛梨の笑顔を見て、思わず表情を引き攣らせた。

非常に嫌な予感を覚えながらも、俺は机の上の参考書に目を向けた。

勉強に集中しようと、そう自分に言い聞かせるものの……やはり愛梨が気になって仕方がなかった。

愛梨が俺にあのようなスキンシップ行為をすることは……今回が初めてというわけではない。

例えば小学生くらいの時は、抱き着いたり、肩を組んできたりということは度々あった。

俺が照れれば照れるほど、愛梨は調子に乗った。

とはいえ、中学生くらいになってきてから、さすがにこの手のスキンシップ行為は減った。

愛梨が慎みを覚え、俺以外の人間に対しては〝お嬢様キャラ〟を通すようになったのはそのくらいの頃からだ。

……いや、神代家《かみしろ》はそこそこお金持ちなので、お嬢様なのはそれほど間違いではないのだが。

何はともあれ、ここ最近の愛梨にしては珍しいくらい、過激めのスキンシップだった。

あれは……幼馴染に対する物としては、少し度を超えているのではないのだろうか？

何だよ、一緒にやろうって、やっていいわけないだろ。

冗談としては質《たち》が悪すぎる……

あぁ、そうか。

仕返しか。

あの時、壁ドンで俺にいいようにやられた仕返しを、今更始めたのか。

確かにあれは俺もやり過ぎたが……いや、でも俺はちゃんと〝冗談だから〟と前置きした。

愛梨からもやっていいと許可を得た上でしたはずだ。

しかし今回の愛梨はそういう前置きは全くしていないし、俺から許可を取ったわけでもない。

そういうのはちょっと卑怯《ひきょう》な気が……

「あっ……」

と、余計なことを考えていたせいだろうか。

消しゴムを落としてしまった。

そして俺の隣の……愛梨の席の下へと転がっていってしまう。

「……?」

消しゴムに気付いたらしい愛梨は、それを拾い上げた。

そして俺の方を見て、返そうと手を伸ばし……

「……っふ」

何故か笑みを浮かべ、引っ込めた。

俺は思わず顔を顰《しか》めた。

「(かえしてくれ)」

俺は目と、そして口パクで愛梨にそう訴えた。

しかし愛梨はいつもの生意気な表情を浮かべながら、俺の消しゴムを二本の指で挟んだ。

そして見せびらかすように顔の前で掲げてから……

ゆっくりと下へと、手を下げていく。

釣られて俺の視線も下へと下がり……

「……っ！」

思わず、息を飲んだ。

愛梨の真っ白い太ももが目に飛び込んできたからだ。

あろうことか、愛梨はスカートを片手で捲《まく》り……

ショーツが見えるか、見えないかギリギリのところまで、太ももを露出させていたのだ。

そして捲《まく》り上がったスカートの影になっている場所へ、消しゴムを置いてしまった。

思わず目を逸らし、それから愛梨の顔を睨みつけた。

しかし愛梨は「あら？　どうしたのかしら？」と言わんばかりにニヤニヤと意地悪そうな笑みを浮かべた。

それからピンク色の唇を動かす。

——取ってごらん——

「(取れるわけないだろ！)」

俺は愛梨に目で訴えるが、しかし愛梨は返すつもりは全くないらしい。

どうしようか……

俺は少し悩んでから、再び視線を下に向けた。

真っ白い太ももは際《きわ》どい部分まで見えているが、しかし肝心の消しゴムは目視では分からない。

太ももの際どい部分同士で挟みこんでいるのだろうか？

いや、でもその部分は三角形の隙間《すきま》ができるから挟みこめないか？

俺は愛梨のスカートの下に隠れている部分を頭で想像し……自然と顔が熱くなるのを感じた。

無理だ……そんな部分に手を突っ込んで探り当てるなんて、できるはずない。

伸ばしかけた手を慌てて引っ込める。

……後で返してもらおう。

俺は目の前の参考書に集中しようとするが……

愛梨の白い太ももが脳裏を過《よぎ》り、まともに集中できなかった。

※

「愛梨！」

授業が終わった後、俺は早々に愛梨に詰め寄った。

一方で愛梨は飄々《ひょうひょう》とした表情でこちらを見上げ、首を傾げた。

「どうしたの？」

「消しゴムを返してくれ」

いくら幼馴染とはいえ、世の中には許せる悪戯と許せない悪戯がある。物を盗むのはどちらかと言えば後者の方だ。

愛梨も……付き合いが長いのだから、俺が本当に嫌だと思うことくらいは分かっているはずだ。

「えぇー、どうしようかなぁー」

「……愛梨」

思っていたよりも低い声が出た。

すると愛梨はビクっと身体を震わせた。

……怖がらせてしまったらしい。

少し悪いと思いつつ、しかし言わなければいけないことははっきりと言う。

「返せ。……何度も言わせないで欲しい」

「わ、分かってるって……ついて来て、返すから」

「今、返せ」

俺はそう言いながら手を差し出した。

この手に消しゴムを乗せろと、そう促す。

すると愛梨はこちらの顔色を伺い、少し迷いの表情を見せた。

自分が手に持っている消しゴムと、俺の手、俺の顔を交互に見比べ……

「……ついてきたら返してあげる」

その言葉に俺は眉《まゆ》を顰《ひそ》め、そして愛梨を睨む。

すると愛梨は少し怯《ひる》んだような、怯《おび》えた表情を見せた。

「……はぁ」

思わずため息が漏《も》れる。

――その顔は反則だ。

「分かった」

俺は愛梨に従うことにした。

すると愛梨は嬉しそうに満面の笑みを浮かべた。

踵《きびす》を返し、スキップするように教室の出口まで歩き、そして俺を手招きする。

俺は愛梨の手招きに応じ、その後を追い続け……

階段を上り、屋上に至った。

「……で、どうするんだ?」

俺は愛梨にそう尋ねた。

わざわざ屋上まで来たのだから、何かしらの理由があるのだろう。

すでに怒りや苛立《いらだ》ちは収まり……

どちらかと言えば、疑問が俺の脳裏に浮かんでいた。


もしかして、人目のある場所では話せないような相談事があるのか……？


そして愛梨を心配する気持ちもあった。

「はい、消しゴム」

そんな俺の気持ちを他所に、愛梨は手に持っている消しゴムをセーラー服の胸ポケットにしまった。

そしてすまし顔で俺の方を見てきた。

……意味が分からない。

「……返してくれるんじゃないのか？」

俺がそう尋ねると、愛梨は頷いた。

「うん、だから返すって」

そしてニヤっと愛梨は笑みを浮かべた。

「ほら、取って良いわよ」

自分の胸の膨らみを、軽く指で押してみせた。

すると意外に大きな膨らみが、僅かに形を歪《ゆが》ませた。

俺は自分の顔が熱くなるのを感じた。

「と、取れるわけ、ないだろ！　馬鹿!!」

思わずそう怒鳴ると、愛梨はわざとらしく首を傾げた。

「……あら？　どうしてかしら？」

「そ、それは、お前……そんなところを探ったら……」

愛梨の柔らかい膨らみに触れてしまう。

い、いや、押し付けられることはたまにあるし、別に全く触れたことがないわけではないが……

しかし自分の意思で、感覚の鋭い指先で、そこに触れるような行為をするのは抵抗があった。

愛梨の、幼馴染の、この妖精のように可憐で美しい少女の、そんなところに触れるのは……

決して許されない。

何となく、そんな気がしたのだ。

しかし俺のそんな思いを、感情を知ってか知らずか……

「幼馴染同士なのに？　……意識しちゃうのかしら？」

愛梨は挑発するような笑みを浮かべ、再び自分の胸を突く。
ほら、取ってみろと言わんばかりに。
「……なるほど」
ここに来て俺はようやく確信した。
これは以前の壁ドンの復讐《ふくしゅう》……意趣返しだ。
俺をからかっているのだ。
絶対に俺が愛梨の胸を触れないと、高を括《くく》っているのだ。
「ほら、できないの？」
そう言ってこちらを挑発する愛梨の顔は気が付くと少し赤らんでいた。
冷静になって、ようやく俺は気が付いた。
愛梨は愛梨でかなり無理を、背伸びをしている。
今更、引くに引けないという感じだ。
この様子だと愛梨は決して折れないだろう。
とはいえ、取らなければ「逃げた」と言われるだろう。
そしてここぞとばかり、からかってくるはずだ。
俺は少し考えて恥ずかしい気持ちを押し殺しながら……
「……だって、お前、美人じゃないか。……誰よりも」

本心からの言葉を口にした。

俺は愛梨よりも美人で、可愛らしい女の子を知らない。

学校一、否、日本一、否……世界一、彼女は美しい女の子だ。

それは確かな事実だ。

「なっ……！」

そして俺の言葉に愛梨の顔が一瞬で真っ赤に染まった。

動揺で両目を見開き、口をパクパクとさせている。

――押してダメなら、引いてみろ。

俺は勝ちを確信した。

あとは……トドメを刺すだけだ。

「もっとも……だからといって、取れないというわけじゃないけどな？」

「え、あっ、ちょっと……」

「動くなよ。取れと言ったのは……お前だろ？」

俺はそう言うと……ゆっくりと愛梨の胸ポケットへと、手を伸ばす。

すると愛梨は慌てた様子で、両手で胸を隠そうとする。

「逃げるのか？」

俺がそう言うと、愛梨はビクっと体を震わせた。

そして両手を後ろで組み、少し引き気味だった胸を逆に反らし、突き出した。

それから恥ずかしそうに顔だけを逸らす。

「……早く、して」

同時に目で訴えてくる。

「あぁ……」

ドクドクとうるさいほど心臓が鳴り響く。

自然と手が、指先が震える。

それを必死に抑え、俺は愛梨の胸ポケットに指を入れた。

同時に愛梨はギュっと目を瞑《つむ》った。

ポケットの内側は少しだけ温かかった。

トクトクと、愛梨の心臓の鼓動が指先から伝わる。

そして少しだけ……柔らかい。

俺は二本の指で消しゴムを摘まむと、ゆっくりと指を引き抜いた。

「ふぅ……」

そしてホッと一息ついた。

「返してもらったぞ」

「え、ええ……」

俺は消しゴムを自分のポケットにしまった。

そして少しバツが悪そうな表情を浮かべている愛梨に対し、向き直る。

「……なに？」

「あー、いや、その……さっきのは客観的な事実の話だからな？」

一颯は愛梨が変な〝勘違い〟をしないように、弁明した。

愛梨が美人。それは事実だ。

しかし、だからと言って〝好き〟かどうかはまた別の話だが。

「ふーん……」

「それと……もう、こんな馬鹿な真似はやめろ。いくら冗談だからって、男にこんなことをするのは……」

「……一颯君はさ」

愛梨は俺の言葉を遮《さえぎ》った。

そして少し不満そうに、怒った表情で俺を睨みつける。

「私が……ただの悪戯で、はしたないことをするような子だと、思う？」

「……え？　あっ、いや……」

俺は一瞬、混乱した。

愛梨が言っていることの意味が、言おうとしていることの意味が分からなかった。

「……私が、好きでもない人に、こんなこと、すると思う？」

――これではまるで、愛梨が、俺のことを……

「そんな女の子だと、思ってるの？」

――〝好き〟みたいじゃないか。


「ねぇ、一颯君」

「い、いや、そ、それは……」


俺は視線を泳がせた。

思わず後退《あとず》る。

すると愛梨は俺との距離を縮めてきた。

「一颯君は……私のこと、どう思ってる？　一颯君にとって、私は……何？」

「そ、それは……お、お前のことは、幼馴染で……」

「……それだけ？」

悲しそうに愛梨は尋ねる。

姉、妹、家族、親友。

そんな言葉が浮かび上がっては消えていく。

愛梨が求めているのは、きっとそれではない。

何となく、そう感じた。

「お、俺にとって、お前は……」

俺は脳味噌《のうみそ》をフル回転させる。

どう答えたら、愛梨を傷つけず、今の関係を続けられるかを。

「そ、その、た、大切な……お、幼馴染だ。せ、世界で一番大切で……し、しかし、だからといって、その、恋愛的な意味では、その、難しいというか……」

あわあわとしながら俺が必死に言葉を紡《つむ》いでいると……

「……っふ、何それ」

クスっと、愛梨が笑った。

「え、あ、いや、だから……」

「っく、ふふ、はは、あははははははは!!」

愛梨はお腹《なか》を抱え、笑い出した。

俺は意味が分からなかった。

愛梨の態度の豹変《ひょうへん》に理解が追いつかなかった。

そして呆然《ぼうぜん》と立っている俺に対し、愛梨は涙を拭きながら……


「なーんちゃって！　ドッキリでした!!」


——ドッキリでした!!

——ドッキリでした!!

——ドッキリでした!!


愛梨の言葉が俺の頭を反響した。

「もしかして、一颯君……勘違いしちゃった？」

ニヤニヤっと愛梨は笑みを浮かべながら、俺にそう尋ねた。

俺は愛梨に聞き返す。

「……ドッキリ？」

「そうだけど？　ぽかんとして、一颯君、どうしたの？　私に告白されたと……思っちゃった？」

ようやく、俺は気付いた。

騙《だま》された。

そしてからかわれている。

馬鹿にされている。

「……」

「ねえ、ほら、一颯君。何とか言ってよ。……どう思ったの？」

愛梨はこちらを小突いてきた。

そんな愛梨に対して俺は……

「……絶交」

気が付いたらそう言っていた。

「……えっ？」

ポカンとした表情の愛梨に俺は再び、最後の言葉を掛けた。

「もう、絶交だから。話しかけてくるな」

自然と低い声が出た。

そして固まってしまった愛梨に背を向けた。

こんな女のことを……少しでも心配した俺が馬鹿だった。

当分は……一か月くらいは、口を聞いてやらないと決意する。

今回が初めてというわけではないが……

それでも、一週間くらいは許してやらない。

だって、こんなに怒ったのは……人生で五番目くらいだから。

……意外と多いな。

そう、それくらい、俺はこいつにいつも、振り回されているのだ。

今回は三日は……いや、一日、絶交してやる！

※

「もう、絶交だから。話しかけてくるな」

一颯君のその言葉に私はサーっと頭から血の気が引くのを感じた。

急に辺りが寒く感じた。

背中を冷や汗が伝う。

「あっ……」

不味《まず》い……

やり過ぎちゃった……

私は慌てて屋上から出て行こうとする一颯君を追いかける。

「ちょ、ちょっと待ってよ！　その、全部冗談というか、ちょっとした悪戯というか……」

「……」

私は一颯君の背中に向かってそう叫ぶが、一颯君は無言で階段を下り始めてしまう。

私は慌てて一颯君の隣に並ぶ。

そしてできるだけ可愛い笑顔を心掛けながら、一颯君の顔を見上げた。

……一颯君の顔はびっくりするほど、無表情だった。

私は自分の頬《ほお》が引き攣るのを感じた。

「そ、そうだ！　実は私、今日お弁当、手作りしてきて……唐揚げ、食べたくない？　一颯君、好きだよね？　味見しない？」

「……」

一颯君は何も答えてくれない。

それどころか、歩く速度を早めて私から距離を取ろうとする。

「ま、待って！」

私は咄嗟《とっさ》に一颯君の袖《そで》を摑《つか》んだ。

無言で振り払われる。

ズキっと胸が痛んだ。

「あ、味見と言わず、全部あげる！　卵焼きも付けるわ!!　……そ、そうだ！　おかず、全部食べない？」

「……」

私は一颯君の腕を摑んだ。

強引《ごういん》に振り払われる。

私は目頭が熱くなるのを感じた。

「ごめんなさい！　ふざけすぎた!!　私が悪かったから……その、許して？」

「……」

私は一颯君の腰に縋《すが》りついた。

絶対に放さない、逃がさないと……強く、強く抱き着いた。

するとようやく、一颯君は足を止めてくれた。

そして眉を顰めながら私を見下ろした。

私は叫んだ。

「お、お願い！　許して、許してください！　お願いします!!　何でもするからぁ、友達やめないでぇ!!」

私の言葉に一颯君は……

「はぁ……」

深い深い、ため息をついた。

※

「ど、どう……？　一颯君。美味《おい》しい？　それ、その、私の手作りなのだけれど……」

私は無言でお弁当——私の今日のお昼ご飯だ——を食べる一颯君に、恐る恐る尋ねた。

こう見えても料理には自信がある。

実際、一颯君はいつも私の料理を食べると……美味しいと言ってくれる。

きっと、機嫌を直してくれたに違いないと、そう思っていたが……

しかし顔を上げた一颯君は、とても不機嫌そうだった。

「……君《くん》？」

そう言って眉を顰める。

……まだ、友達に戻してもらえていないらしい。

私は慌てて言い直す。

「い、一颯さん……お、美味しい……ですか？」

「……名前呼びか?」

……名前もダメらしい。

「か、風見《かざみ》さん……お、美味しいでしょうか?」

「……美味しい」

一颯君はぶっきらぼうな口調でそう答えた。

私は思わず手を叩《たた》いた。

「本当⁉」

「許したとは言ってない」

「も、申し訳ございませんでした……」

一颯君の冷たい声に、私は思わず縮こまった。

それから一颯君は無言で私のお弁当を食べ続け……

しばらくしてから、お弁当箱を私に突き出した。

「……美味しかった」

ぶっきらぼうにそう言った。

ようやく、ようやく許してくれた！

「そ、そう、良かった！」

私は安堵《あんど》の表情と共に、空になったお弁当箱を受け取った。

……お昼は抜きだ。

分かってはいたけれど、いざ目の前にすると、少し辛《つら》い。

「……ほら」

そんな私に対して一颯君は自分のお弁当箱を差し出してきた。

私は思わず一颯君の顔と、お弁当箱を交互に見る。

「やる」

「……いいの？」

私は恐る恐る尋ねた。

すると一颯君は眉を顰めた。

「要らないならいいが……」

「た、食べる……た、食べます！」

私は一颯君の気が変わらないうちにお弁当箱を受け取り、一颯君の顔色を伺いながら食べる。

一颯君はしばらくの間、不機嫌そうに眉を顰めていたが……

「っふ……」

小さく笑ってくれた。

ようやく、許してもらえた。

「……はぁ」

私の口から安堵《あんど》のため息が漏れた。

「もう、二度とするなよ」

一颯君の言葉に私は笑みを浮かべ、頷いた。

「うん。今度からは……ちゃんと冗談って、言ってからにするね？」

「……まあ、いいけどさ」

一颯君は苦笑した。

やっぱり、冗談と言わずに騙したのが良くなかったようだ。

実際、冗談と言った上でなら、一颯君も私と似たようなことをしたわけだし。

自分も同じことをしたのに、私にだけ怒るのは筋が通らないだろう。

違いがあるとすれば、冗談だと前置きをしなかったこと……

いや……違うかな？

普段の一颯君なら、それでも許してくれた気がする。

多分……消しゴムをすぐに返さなかったのが、良くなかった。

あれがきっと、印象を悪くした気がする。

「……消しゴム、取ってごめんね？」

「いいよ。もう、返してもらったし。気にしてない」

一颯君はそう言って軽く手を振った。

それから……少し真剣な表情を浮かべた。

「さっきの続きだが……冗談であっても、俺以外には、するなよ？　危ないからな。わざとじゃなくても、だ」

お前は可愛い女の子だし、学校にもファンはいる。

お前のことが好きな男子は一人や二人じゃない。

もしそんな男子を勘違いさせるようなことがあれば……大変なことになる。

〝勘違い〟した男子が、お前に無理矢理迫ってくるかもしれない。

そうなったら、お前だって、無事じゃ済まないかもしれない。

……などと、一颯君は私に対して説教を始めた。

「……あのさ、一颯君」

私は思わず眉を顰めた。

一颯君はきっと、私のことを思って言っているのだろう。

しかし……少しだけ、心外だ。

「何だ？」

「その、これは……悪戯とかじゃなくて、本当に本心だけど……」

さっき怒らせたばかりなので……

私は慎重に念押しをする。

「本当のことなら怒らないから、はっきり言え」

「……私、一颯君以外に、あんなこと、やらないからね？」

「そ、それは……」

私の言葉に一颯君は目を大きく見開いた。

そんなに驚くことだったのだろうか……？

だとしたら、やっぱり心外だ。

「幼馴染として、信頼してるから……あんなことができるの。他の男の子には絶対にやらないから。……それくらい、分かるでしょ？　分かってないなら、分かって欲しいけど」

私は強い口調でそう言った。

「わ、分かってるさ！　それくらい!!」

私の言葉に一颯君は顔を真っ赤にさせながら叫んだ。

……信頼していると言われたのがそんなに嬉しかったのだろうか？

今更な話だと思ったけれど。

「……念には念をと、そう思っただけだ。お前が……誰にだって、あんなことをするような女の子だとは、思ってない」

一颯君は小さな声で呟くように言った。

「そう？　……なら、いいけど」

私は大きく頷き、一颯君のお弁当を再び食べ始めた。

※

あ、危うくまた勘違いしそうになった……

弁当を食べ始める愛梨を他所に、俺はホッと息をついた。

もちろん、俺も愛梨が誰にだってあんなことをするような女の子だとは思っていない。

俺が特別だから、したのだろう。

もちろんそれは恋仲とかではなく、信頼している幼馴染として、だからだが。

しかしだからと言って……

してもいいことと、してはダメなことはあるだろう。

「……だけどさ、愛梨。たとえ俺が相手だからと言っても、冗談だからと言っても、していいことと悪いことがあると思うんだが」

「……消しゴムの話？」

「いや……そっちじゃない」

俺がそう答えると愛梨は不思議そうに首を傾げた。

明言してくれないと分からないと言わんばかりに、眉を顰めている。

……俺も掘り返したくないのだが。

「その、ほら、今朝《けさ》の……プールが終わった後にさ……」

「あ、あぁ……あれね」

愛梨の頬が仄かに赤らんだ。

……愛梨としては、あんなことを言うのは冗談でも恥ずかしいことだったようだ。

俺は少しだけ安心する。

「た、確かに抱き着いたのは……い、いや、でも、あれくらいは気にする方がおかしいでしょ？」

……そっちじゃない。

「あれはあれで……どうかと思うが、別に俺はあれくらい、どうということはない」

「……そうは見えなかったけど」

「……どうということはない」

本当はそんなことはなく、凄くドキドキしたたし、いろいろ勘違いしそうになったが……

それを認めるわけにはいかない。

「わ、分かったから……」

喧嘩《けんか》したばかりだからか、愛梨はあっさりと引いてくれた。

俺は軽く咳払《せきばら》いしてから、あらためて愛梨に告げる。

「その……ほら、あれだよ。行為じゃなくて、発言というか……」

「……発言？」

「だ、だから……」

俺は何と言おうか、考える。

あまり……食事中に言うべきことではないだろう。

そもそも直接口に出すのは少し下品だ。

「……言ってくれないと、分からないけど」

「……か、硬いとか、その辺りだ」

「……硬い？　あぁ、そうね。確かに硬いって言ったけど……」

きょとん、とした表情で愛梨は首を傾げた。

……愛梨にはどうでもいいことなのか？　俺が気にし過ぎているだけ？

い、いや、違うはずだ。

「そ、そういうのは、気付いてても言わないで欲しいというか……」

「うーん……？」

「あ、あと……一緒にとか、その、トレーニングが云々《うんぬん》とか、そういうのは、本当にどうかと思う。冗談でも……い、一緒にできることじゃないだろ⁉」

俺の言葉に愛梨は……

顎《あご》に手を当て、不思議そうに首を傾げた。

「……筋トレって、そんなにダメな話？」

……え？

「……筋トレ？」

「うん、筋トレ。一緒に筋トレしようって……いや、嫌ならいいけど……」

筋トレ……？

筋肉トレーニング……？

硬いって……あれ？

筋肉の話……？

「……そういう、からかいだったのか？」

「……逞《たくま》しい筋肉って、コンプレックスだったの？　だとしたら、謝るけど……」

愛梨は心底不思議そうな表情でそう言った。

ようやく……ようやく、俺は気付いた。

あれは全部、俺の勘違いだった。

……ああ、そうだよな。

だって、別に愛梨はそんな場所に……下半身には触ってないし。

愛梨が触っていたのは、俺の上半身だ。

なら、筋肉の話に決まってるじゃないか！

「いや、そんなことはない！　筋トレね、筋トレ。うん……今度、一緒にやろうか！　あぁ……そうだ！　そう言えばプールも一緒に行こうって話もしたよな？　い、いつにする？　行くなら寒くないうちがいいと思うんだけど……」

俺は早口でそう捲《まく》し立てた。

一方、愛梨は怪訝《けげん》そうな表情で俺に尋ねた。

「……もしかして、何かと勘違いしてた？」

「してない」

「いや、でも……」

「その話はもう、するな！　いいだろ？　俺もお前を許したんだから！」

俺は大慌てで愛梨の言葉を遮った。

これだけは、これだけは誤魔化さないとダメだ。

決して、決して気が付かれてはいけない。

なぜなら、認めてしまったから。

愛梨を思ってしたことがあると……

そう、愛梨に気付かれてしまうから。

筋トレの話だと、そう思ってもらい続けなければならない。

絶対に、絶対にだ!!

「……分かった。筋トレの話は、もう無しね？」

最終的に俺の勢いに折れたのか……

愛梨は苦笑しながら頷いてくれた。

俺は心の底から安堵し、ホッと……息をついたのだった。


……この時、風見《かざみ》一颯は幸運にも気付いていなかった。

愛梨の耳が赤くなっていることに。


俺と愛梨が〝絶交〟した日の晩。

「一颯、最近……勉強の方はどうかしら？」

「別に特に変わらないよ」

母の問いに対し、俺は淡泊に返した。

俺のそっけない回答に対し、母は特に怒ることなく……

むしろ嬉しそうに、満足そうに頷いた。

「そうなの。それは良かったわ」

俺の勉学における成績は悪くない。

自分で言うのも何ではあるが、悪くない方だ。

俺たちが通っている高校は、この辺りの地域では名門とされている。

その学校での校内模試ではおおよそ首席、悪くても三位以下を取ったことはなく、苦手教科でも五位以下を取ったことがない。

そういうわけで学業に於《お》ける問題は全くない。

だから〝特に変わらない〟は、母にとってはとても素晴らしいことなのだろう。

「じゃあ、愛梨ちゃんとはどうかしら」

「……」

思わず、俺は箸を止めた。

一瞬だけ……愛梨とキスを交わしたことが脳裏を過った。

「……別に特に変わらないよ」

「それは困ったわね」

そう言って母はため息をついた。

俺は思わず眉を顰めた。

「何がどう、困るんだ」

「だって、あなたたち……いつまで経《た》っても進展がないじゃない。しょっちゅう、喧嘩《けんか》しているし……まあ、喧嘩の内容は微笑ましいし、見てて楽しいけれど……」

「……」

今日も下らないことで喧嘩したばかりである俺は、何も言い返せなかった。

何を言ってもからかわれるだけだと思ったので、聞いていないふりをして、箸を進めることにした。

「母親としては、もっと、こう……具体的な進展を聞きたいわ。デートに行ったとか、キスをしたとか……」

「……」

「やだ、この子。聞いてないフリしちゃって……ほら、あなたからも何か言ってよ」

母は肩を竦《すく》めると、父にそう話を振った。

父はそんな母に対して苦笑いを浮かべた。

「変わらず仲良しなのは良いことじゃないか」

「でも進展がないのは心配じゃない。愛梨ちゃん可愛いし……このままじゃ、取られちゃうわよ？」

「だからといって、俺たちがどうこう言えることでもないだろう」

「でもほら、相談には乗れるじゃない？」

「これくらいの年頃の子は、恥ずかしくて親に恋愛相談なんてできないだろう」

「そういうものかしらね？」

「そうだよ。俺たちは暖かい目で見守ってやればいい。それにほら……あと一年半後には卒業だろう？　一颯もそろそろ、危機感を覚えるはずさ」

「そうだといいけど……」

「案外、卒業と同時に告白を考えているかもしれない」

「あら、いいわね、それ。ロマンティックで！　お母さん、応援しているからね！　一颯！」

「俺も応援してるぞ！」

俺は無言で立ち上がった。

台所からトレーを持ってきて、自分の食事を乗せる。

そしてそのまま自室へと向かう。

「あら、拗《す》ねちゃった。食べ終わったら、すぐに持ってきてね！」

「……分かってるよ」

俺は低い声でそう返事をすると、自室に入った。

そして机の上にトレーを乗せ……

それからベッドの上に身を投げ出した。

「あぁー！　うざい！　何なんだよ……もう……」

い、イライラする……

年頃の子は恥ずかしがる。

と、そこまで分かっているならば、何故本人がいるところでそんな話をするのだろうか？

俺には理解できない。

「……こういうのは一度、怒鳴ったりした方が良いのだろうか？」

そう思ったが、しかし親に向かって怒鳴れるはずもない。

できることは精々、一人で愚痴るくらいだ。

「……愛梨はただの、幼馴染だぞ」

確かに愛梨は可愛い、そして美人だ。

それにスタイルも良い。

俺は愛梨以上に美しい女性を見たことがないし、想像もできない。

もっとも……それと恋心は別の話だ。

〝きょうだい〟のように育った幼馴染に恋心など、抱くはずもない。

「……そもそも、あいつは俺のこと……好きでもなんでもないだろうに」

俺にとって愛梨は……正直に言えば、姉のような存在だ。

彼女の前では、〝俺が兄でお前が妹〟と言い張ってはいるが、実際のところ俺は愛梨に対してどうしても強く出られないところがある。

幼い頃は愛梨に泣かされたこともある一方で、愛梨をいつも頼り、彼女の背中をいつも追っていた気がする。

幼少期に刻み込まれた立場関係を、俺は今でも引き摺《ず》っている。

だからこそ、思ってしまう。

愛梨はきっと、自分など眼中にないと。

少なくとも恋愛対象としては見られていない。

自分を恋愛対象として見ているなら……

少なくとも、今日のような悪ふざけはやらないだろうと、そう思ってしまう。

だが……

「……別にいいじゃないか。今のままで。楽しいし」

そして俺は途中で思考をやめる。

そんなことはあり得ないのだから、考えるのは無駄だと、思考に蓋をする。

今の状態に満足していると、重しを置く。

——もしも……実は愛梨《あいり》が、俺のことを少しでも憎からず思っていたら？
——愛梨が本気で俺に好きと、そう言って来たら？

そんなことを考える必要はない、と。
考えた分だけ、辛くなると。

第四章＊プール三本勝負編＊

「だ、大丈夫か……？」

俺《おれ》は幼馴染《おさななじみ》を抱きしめ、顔を覗《のぞ》き込みながら、そう尋ねた。

金髪碧眼《へきがん》の幼馴染は、その人形のように美しい顔に苦悶《くもん》の表情を浮かべていた。

顔は真《ま》っ赤《か》に染まり、息も荒い。

「い、一颯《いぶき》君……」

その白い肌には玉粒のような汗が浮かんでいる。

「だ、大丈夫……このくらい、どうということ、ないから」

幼馴染はそう言うと、俺の体を強く抱きしめ返してきた。

重なり合う肌と肌から、互いの熱が伝わってくる。

幼馴染の体はとてつもなく熱くなっていた。

もっとも、それは俺も同じだろう。

「そういう一颯君は……びしょびしょだけど、大丈夫？」

「……そういうお前は水たまりができてるだろ」

俺の指摘に幼馴染は少し恥ずかしそうに目を伏せた。

しかしすぐにこちらを見上げ、気丈に睨《にら》みつけてきた。

「勝つのは私、だから」

「いや、あまり無理を……」

「何でも、だからね。何でも……してもらうから」

ニヤっと幼馴染は勝気な笑みを浮かべた。

どうしたものかと、俺は頭を掻《か》いた。

※

——数日前の下校時。

「なあ、愛梨。プール行くの、いつにする?」

俺は愛梨にそう尋ねた。

早く行かなければ、本格的に冬になってしまう。

もちろん、行くとしたら室内の温水プールだが……どうせ行くなら、残暑が残る今だろう。

いくらプールが温かいとはいえ、寒い時期には行く気にはならない。

「え、プール? 何で?」

しかし愛梨はきょとんとした表情でそんなことを言い出した。

……お前が言い出したんだろうが。

「前にそういう話になっただろ」

「あぁ……あ、あの時の……」

俺の言葉に愛梨はニヤっと生意気そうな笑みを浮かべた。

「なに？　一颯君、私の水着、そんなに気になっちゃうの？」

「いや、別に」

毎年、見ている愛梨の水着なんて全く……いや、全くとまでは言わないが、そこまで興味はない。

今年はまだ見れていないが、どうせワンピース型のガキ臭い水着だろう。

……ビキニなんて着られたら、目のやり場に困るので、その方が助かるが。

「……」

俺の態度に愛梨は一瞬だけ、ムッとした表情をした。

しかし再び笑みを浮かべた。

「そんなこと言っちゃって。そうじゃないなら、どうして私とプールに行きたいの？　それ以外に理由なんてないでしょ？」

「いや、そもそも遊びに行こうと言い出したのはお前だったと記憶しているが……」

「え？　あ、あぁ……そ、そうだったわね……」

「……水着が理由だったのか？」

そんなに俺に水着を見せたいのか？

見るならともかく、見せて楽しい物なのか……それとも俺の水着を見たいのだろうか？

「ち、違うわよ！　た、ただ……今年はまだ一度も行ってないから、一緒に行きたいなって、それだけで……」

俺の言葉に愛梨は少しだけ頬《ほお》を赤らめながら、早口でそう捲《まく》し立てた。

愛梨の言い分に俺は大きく頷《うなず》いた。

「それは良かった。俺も同じだ。……水着には興味はない」

「ふ、ふーん……」

「そもそも行くとしたら、健康ランドのプールだろ？　変な水着着てたら浮くだろ」

何度か愛梨と訪れたことがある施設だ。

五十メートルプールの他、水中ウォーキング用プールや、キッズプール、ジャグジーバスなどもある。

平日はご老人、休日は家族連れなどで賑わうような、そんな場所だ。

露出度の高い水着を着ても追い出されることはないかもしれないが、きっと浮くだろうし、奇異の目で見られるはずだ。

もっとも、高校一年生の頃に愛梨が着ていたような水着なら、浮くことはないだろうが。

「そ、それも……そうね。良かったわ。一颯君が邪《よこしま》な考えを持ってなくて。安心して行けるわ」

「そうか」

「幼馴染にそんな目で見られても、困るだけだもの」

「そうだな」

「っく……」

俺が笑みを浮かべながら頷くと、愛梨は悔しそうな表情でこちらを睨んできた。

俺が興味なさそうにしているのが、余程悔しいらしい。

「で、いつにする？」

「……今週の土日」

愛梨はムスッとした表情でそう答えた。

悔しそうにしている割には、一緒にプールに行ってくれるようだ。

「じゃあ、日曜日で」

「ええ。……それまでに水着、用意しておくわ」

「そうか。俺も用意しておくよ」

「……っく」

普通に受け答えしているだけのつもりだが……

愛梨には煽《あお》っているように聞こえたのだろうか？

睨みつけてくる愛梨に対して俺は思わず苦笑した。

「……ふん！」

すると愛梨は拗《す》ねた表情で頬を背《そむ》けた。

※

「うーん……子供っぽいわよね？　やっぱり……」

一颯君にプールへ誘われた日の夜。

私はクローゼットの中から水着を引っ張り出し、思わず呟いた。

今、手元にあるのは高校一年生の頃に着た水着だ。

ピンク色のフリルがたくさんついたワンピース型の水着で当時は可愛《かわい》らしくて良いデザインだと思っていたが……今見ると、少し子供っぽい。

「あの時は一颯君も照れていたような気はするけど……」

今の一颯君に見せても、何とも思われないような気がする。

もしかしたら、子供っぽい水着だと内心で笑われるかもしれない。

「い、いや……べ、別に一颯君にどう思われても、どうということはないのだけれど……」

ただ単に去年と同じ水着を着ていくのは女の子として良くないと、そう思っただけだ。

一颯君にどう思われようとも関係ない。

私はそう思いながら、服を脱いだ。

とりあえず、着てみてから考えようと思ったのだ。

「……子供っぽいとか、それ以前の問題だったわ」

水着を着てみて、着た自分を鏡で見て、分かったことがあった。

私は胸元《むなもと》に指を入れ、少し引っ張りながら眉《まゆ》を顰める。

「き、きつい……」

どうやら、私が思っていた以上にいろいろと成長していたらしい。

今の体のサイズに合っていなかった。

息が詰まりそうになるほど、締め付けが強い。

私は水着の締め付ける感じは決して嫌いではないが、これはさすがに苦し過ぎる。

それに見た目も不格好だ。

「新調するかぁ……」

しかし新調するにしても、どのような水着にすれば良いのか。

一瞬だけ、ビキニという選択肢が思い浮かんだ。

いくら強がりの一颯君でも、さすがにビキニ姿の私には、興味を隠せないだろう。

「……でも、ビキニは浮くわね」

ビキニは少し派手な気がする。

悪目立ちするのは嫌だし……それにビキニはちょっと、恥ずかしい。

……もちろん、一颯君に見られるのが恥ずかしいというわけではない。

「露出度低めの可愛い水着はいっぱいあるけど……」

そもそも、ばっちりお洒落《しゃれ》した可愛い水着を着ていくのは、何だか一颯君のことを意識しているみたいだ。

デート感が出てしまう。

……もちろん、一颯君に変な勘違いをされたら嫌なだけだ。

からかわれたら恥ずかしいとか、そういうわけではない。

「逆にスク水とか？　いや、ダサいわね」

『神代《かみしろ》』と大きく苗字《みょうじ》の入った水着を着て行きたくない。

小学生じゃあるまいし。

絶対に馬鹿《ばか》にされる。

「高校生が着てもおかしくなくて、場に浮かなくて、一颯君に変な勘違いをされなくて……かつ、最低限ダサくない水着……」

できれば、私に興味ないですという面をしている一颯君を、動揺させられるような……

「って、どうして一颯君の反応なんか、気にしないといけないのよ!!」

私はどうしてか、無性に腹が立った。

※

日曜日。

幸いにも……と言って良いかは分からないが、その日は残暑というよりは真夏日で、プールで泳ぐには悪くない気温だった。

俺たちは家の前で待ち合わせをしてから、早速プールがある施設へと向かった。

「サウナなんて前、あったっけ?」

愛梨は入口で手に入れたパンフレットを俺に見せながら、そう尋ねてきた。

俺は大きく首を左右に振った。

「いいや、記憶にない。……新しくできたんじゃないか?」

「そうよね。……最後に来てから随分経《た》つし、そりゃあいろいろ変わるわよね」

考えてみれば、ここへ親抜きで来るのは初めてな気がする。

昔は必ず、どちらかの親が付いてきてくれていたのだ。

「じゃあ、入口で待ち合わせね」

「ああ」

服を脱ぎ、適当な店で購入したフィットネス水着を履《は》いてから、更衣室を出た。

当然、愛梨はまだ来ていなかった。

「あのウォータースライダー、懐かしいなぁ」

キッズプールにある小さなウォータースライダーを見て、思わず声を上げた。

昔、愛梨と一緒に滑った記憶がある。

もっとも、記憶よりも随分と小さくなっていたが。

「一颯君」

後ろから声を掛けられて、俺は振り返った。

そこにはスポーティーな競泳水着に身を包んだ幼馴染が立っていた。

体にピッタリとフィットする伸縮性に富んだその生地は、愛梨の体の凹凸を強調していた。

それは俺の記憶よりも、随分と大きくなっていた。

「……おぉ」

俺は返事でもなければ感嘆詞でもない、何とも中途半端《ちゅうとはんぱ》な声を上げた。

幼馴染の水着姿に俺は何と言えば良いのか分からなかった。

しかし無言はおかしい。

何とか反応をしなければと思ったが故の声だった。

「良かったぁ、一颯君もそういう水着にしたんだね」

愛梨はどこかホッとしたような表情を浮かべ、パンと軽く手を叩《たた》いた。

どうやら俺が愛梨と同様にスポーツ用の水着を着て来たことに安心したらしい。

「ああ。あまりチャラチャラした感じなのは、浮くかなと思って……」

もっとも、ブーメラン水着でも着て来ない限り、浮くことはないだろうが。

俺は内心でそう思いながらも、何ともいたたまれないような、気恥ずかしいような気持ちになった。

なぜなら……

「うん、うん。似合ってる。一颯君は下手に色気を出そうとチャラチャラするよりも、真面目《まじめ》な感じにした方がいいと思う」

愛梨がそんなことを言いながら、じっと俺の水着を見つめてきたからだ。

女の子に、それも幼馴染の視線に晒《さら》されるのは、やはりどうしても気になってしまう。

それに俺の水着も、愛梨と同様に体にピッタリと貼《は》りつくような生地でできているから……

いや、サポーターは中に入れているから、普通にしている限り形が浮き出たりすることはないのだが。

普通ではない状態になったら、丸分かりになってしまう。

これは水着のチョイスをミスったかもしれない。

「私はどう？」

「え？」

「水着、褒《ほ》めたんだから褒め返すのが礼儀でしょ？」

「う、うーん……カッコいい、かな？」

競泳水着である以上、シンプルで飾り気のないデザインであるため、お世辞にも可愛い水着とは言えない。

だがお洒落ではないとまでは言い切れない。

機能性重視のそのデザインは〝カッコいい〟という印象を受けた。

「えぇー、それだけ？」

しかし俺の回答は愛梨にとっては不十分な物だったらしい。

不満そうな表情を浮かべた。

それから生意気な笑みを浮かべると、両手を上げて、少しだけ伸びをしてみせた。

意外と大きな胸が反り返り、先ほどよりも強調される。

「他にも言うことがあるんじゃない？」

「何だよ、他にって……」

いくら正直な感想とはいえ、〝スタイルがよくて綺麗《きれい》〟とは言えない。

そんなことを言えば愛梨が調子に乗るのが目に見えている。

「大人っぽくなった、とか？」

愛梨はそう言ってニヤっと笑みを浮かべた。

その笑みは普段よりも、幾分か妖艶に見えた。

「そ、そうだな。……前のガキ臭い水着よりは、大人っぽいかもな」

俺は愛梨から目を逸らしながら、そう言った。

すると愛梨はクスっと楽しそうに笑う。

「ガキ臭いねぇ。……まあ、否定はしないけど。でも、一颯君、そのガキ臭い水着を着ていた私に、凄《すご》く照れていた気がするのだけれど。今みたいに」

「べ、別に照れてない」

図星を突かれたせいか、声が上擦ってしまった。

結局のところ、どんな水着であろうとも普通の服よりは露出度が高いことには変わりない。

そうなると、やはり目のやり場には少しだけ困る。

「えぇー、嘘《うそ》だぁ」

「嘘じゃない」

「なら、どうしてさっきから私の方を見てくれないの？」

「い、いや、凝視するのも変だろ……」

「凝視？　普通にしていればいいじゃない。いつもみたいに」

渋々、俺は愛梨の方へと視線を戻した。

やはり愛梨はニヤニヤと、こちらを馬鹿にするような、生意気な表情を浮かべていた。

「ちなみにね、実は前の水着も着てみたのだけれど……」

愛梨はそう言いながら、白い鎖骨を通っている生地に軽く指を引っかけた。

自然と俺の視線が、愛梨の指先に合わせて動いた。……動いてしまった。

「胸が窮屈になってたの」

そして愛梨は指で生地を軽く引っ張った。

ほんの僅かだが、水着の下に隠れていた白い肌が姿を現す。

「は、反応に困ることを、わざわざ申告するな！」

俺は愛梨の胸を視界から外すために、視線を下へと向けた。

そして思っていたよりも、大胆に太ももが出ていることに気付いた。

際《きわ》どいようで際どくないような……いや、際どい気がする。

「それに胸以外にも……」

「良かったな！　成長してて!!　……もういいだろ。泳ぎに行くぞ」

俺はさらなる〝申告〟を続けようとする愛梨の言葉を強引《ごういん》に遮《さえぎ》ると、踵《きびす》を返して、愛梨に背中を向けた。

しかし愛梨はそんな俺の肩に手を置いてきた。

「もう、照れ屋さんなんだから。……じゃあ、行きましょう」

そう言いながら肩と背中をポンポンと両手で押してきた。

「お、おい、押すな……というか、ベタベタ触るな」

押すというよりは、それは触るとか、撫《な》でるという力加減が正しかった。

いつものことではあるが、こいつは水着や体操服という恰好《かっこう》をしている時には、妙にボディタッチが激しくなる。

理由は分かっている。

愛梨が肌を見せるような恰好や、薄着をしていると、どうしても俺は動揺してしまい、それが隠せなくなってしまうからだ。

そして愛梨は俺が弱気な時ほど、強気になるという卑怯《ひきょう》な性格をしている。

要するに俺をからかって楽しんでいるのだろう。

「まあまあ、気にしないで。プールに入る前にストレッチと準備運動しましょう」

愛梨はそう言うと俺の肩に手を置き、座るように促した。

強引に振り払うわけには行かず、渋々と従い、プールサイドに座り込む形になった。

「ほら、足、開いて。……それだけしか開かないの？」

「そんなわけないだろ」

流れに乗せられているのを自覚しつつも、俺は大きく両足を広げ、体を前に倒した。

俺が愛梨に促されるままに開脚前屈を始めると、愛梨は俺の首元に手を回してきた。

背中から柔らかい感触と、愛梨の体温、そして体重が伝わってきた。

「お、おい……！　ちょっと、くっ付き過ぎ……」

「あら、限界なの？」

愛梨は耳元で小馬鹿《こばか》にするように囁《ささや》いてきた。

思わずムッとしてしまう。

「……そんなわけないだろ」

俺はお腹《なか》をプールサイドに付けながら愛梨にそう言った。

「へぇ、凄いじゃん」

「……まあな」

愛梨の素直な賞賛に俺は少しだけ照れくさい気持ちになり、頬を掻いた。

それから左右に体を倒してから、愛梨はようやく俺の体から離れた。

そして今度は俺の正面に座り、大きく足を開いた。

大胆に開かれた白い脚を前にして俺は思わず目を逸らした。

「じゃあ、交代ね」

「はいはい」

俺は動揺を隠しながら愛梨の背後に回った。

それからその背中を押そうとして、少しだけ躊躇《ちゅうちょ》してしまった。

触れられそうな場所がなかったからだ。

白くて小さい肩に触れるのも、大胆に露わになっている滑らかな背中に触れるのも、躊躇《ためら》われた。

触れたら汚れてしまうと、押したら壊れてしまうと、そう感じさせるような繊細な美しさがそこにはあった。

「早くして」

「わ、分かってるよ……」

愛梨に急かされ、俺は少し慌てて愛梨の肩を摑《つか》み、強く押した。

グッと愛梨の体が沈み込んだ。

「あっ……」

「い、痛かったか⁉」

「いえ、別に。もっと押して」

愛梨の呻《うめ》き声に俺は一瞬だけ焦《あせ》ったが、幸いにも怪我《けが》はしていないようだった。

今度は慎重に、しかし求められるままに強く押し込む。

「んっ……あぁ……」

「だ、大丈夫か？」

気が付くと愛梨は体をべったりとプールサイドにくっ付けていた。

俺もかなりの力を掛けている。

「余裕よ、余裕」

愛梨は明るい声音でそう言った。

それから起き上がると、ニヤっと得意そうな笑みを向けた。

「私の勝ちね」

知らない間に柔軟性の勝負をしていたらしい。

とはいえ、これに関しては勝てる気がしない。

俺は曖昧《あいまい》な笑みを浮かべ、頷くことで愛梨の勝ちを認めた。

※

ストレッチと準備運動を終えた俺たちは、早速プールに入った。

水中ウォーキング用プールで歩いたり、軽く泳いだりと体を慣らしていく。

プールを一周してから愛梨は俺に人差し指を向けてきた。

「じゃあ、五十メートルプールに行きましょう。勝負よ」

「……別にいいけど。ハンデはどうする？」

小学生の頃ならともかくとして、高校生になった俺たちの間には大きな筋力差がある。

普通に戦えば勝負にならない。

さすがの愛梨もそこは承知しているのか、怒ることはなく、当然という表情で頷いた。

「一颯君はクロール禁止でどう？」

「クロールだけでいいのか？　バタフライは？」

「さすがに平泳ぎじゃ勝負にならないでしょ。……代わりに百メートル勝負ね？」

バタフライは体力消費が激しい泳法だ。

短距離ならばクロールと大きな差はないかもしれないが、中長距離になれば如実に差が出てくる。

スタミナ勝負に持ち込むことで、筋力差を埋める作戦のようだ。

「いいよ、分かった」

「あと一颯君は十メートル以上の潜水は禁止ね」

「えっ……」

実は水中は水面よりも水の抵抗が少ない。

そのため潜水泳法——水中をドルフィンキックで進む——ができるか、できないかでは大きな差が出る。

どれくらい差があるのかというと、オリンピックで部分的に禁止されるくらいの差がある。

俺は禁止と言うからには、愛梨は潜水で距離を稼ぐつもりなのだろう。

さすがにそこまでハンデを付けられると、勝てる自信がなくなってくる。

しかし俺が文句を言う前に、愛梨は生意気そうな笑みを浮かべた。

「なに？　一颯君。自信ないの？　男の子なのに、女の子に負けちゃうの？　こんなに立派な体をしてるのに？」

そう言いながら人差し指で俺の胸板を突《つつ》いてきた。

俺はそんな愛梨の腕を掴んだ。

「擽《くすぐ》ったいからやめてくれ。……自信がないわけじゃない。むしろ、それだけで良いのかと思ったんだ。もっとハンデを付けてやろうか？」

自分でも馬鹿な意地を張っていると思いながらも、俺は愛梨にそう言ってやった。

すると愛梨はムッとした表情を浮かべた。

元々愛梨は負けず嫌いだ。

ハンデを付けることも、本来ならば本意ではないのだろう。

「へぇ、随分と大口叩くじゃない。じゃあ……負けたら罰ゲームでどう？」

「いいよ。どんな罰ゲームだ？」

「勝った方が負けた方に何でも命令できるってのは、どう？」

「何でも？　……本当に何でもいいのか？」

俺はからかいもかねて笑いながら愛梨にそう尋ねると、彼女は僅かに頬を引き攣らせた。

そして気まずそうに目を背けた。

「……常識の範囲内でね？」

「怖気《おじけ》づいたのか？」

俺の煽りに愛梨は目を大きく見開くと、バチンと水面を強く叩いた。

そして少しだけ赤らんだ顔で怒鳴るように言った。

「まさか！　いいわよ!!　何でもと言ったからには、何でもよ！　……一颯君も、何でもだからね!!」

「いいよ。何でもな」

俺たちは水中ウォーキング用プールを上がると、五十メートルプールへと向かった。

飛び込み台があり、それなりの深さがある。

ちゃんとした競技用のプールだ。

「ふふ、何してもらおうかなぁー。何でもだからなぁー」

愛梨は大きな声で呟きながら飛び込み台に上がった。

心理戦を仕掛けているつもりなのだろうか？

俺は鼻で笑ってやった。

「捕らぬ狸《たぬき》の皮算用だな」

俺の言葉に愛梨は真顔になった。

それから気丈にこちらを睨みつけてきた。

「……ふん。どっちが上か、わからせてあげる」

「それはこちらの台詞だ」

舌戦による前哨戦《ぜんしょうせん》を終えてから、俺たちは水の中に飛び込んだ。

飛び込んだ勢いのまま、俺は水中を泳ぎ、約束通りに十メートルで顔を水から出した。

そして愛梨は潜水したまま、俺を抜き去って行く。

やはり限界まで潜水泳法で進むつもりらしい。

そのフォームは非常に美しく、泳法も相まって人魚のように見えた。

まともに水泳を習っていたのは小学生の時以来のはずだが……相変わらずの運動神経の良さだ。

俺は大きく両手を広げ、筋力で水を押しのけ、愛梨との距離を詰める。

そして気が付けばクロールに移行していた愛梨と並ぶ。

五十メートル地点でクイックターンをして、強く壁を蹴《け》り、愛梨を抜き去る。

疲労が背筋と腹筋に溜《た》まるのを感じながらも、気を抜かず、百メートルを泳ぎ切った。

そして五メートルほど遅れていた愛梨がゴールした。

「ほら、愛梨」

「……」

先にプールサイドに上がっていた俺は愛梨に手を差し出した。

愛梨は非常に不服そうな表情を浮かべながらも、その手を取り、プールサイドに上がった。

「俺の勝ちだな」

「うぅ……!!」

俺の言葉に愛梨は悔しそうに地団駄を踏んだ。

そして頬を膨らませる。

「狡《ずる》い、狡い、狡い！」

「いや、狡いってお前……」

「昔は私の方が速かったのに!!　ひょろひょろだった癖《くせ》に!!　こんなに逞《たくま》しくなっちゃって……!!」

愛梨は拳《こぶし》を握りしめ、俺の胸を叩きながらそう言った。

俺は思わず頬を掻く。

「そんなに褒めないでくれ」

「別に褒めて……いや、褒めてるけど……」

愛梨としてはハンデも付けた上で負けたのは、どうしても納得のできないことなのだろう。

たとえそれが肉体上の性差を由来とする、筋力量の差であったとしても。

「ところで愛梨」

「……なに？」

「何でもするの話だけど……」

そう切り出すと愛梨は慌てた様子で俺から顔を背けた。

「し、知らない……」

「言い出したのはお前だよな」

「な、何のこと……？」

どうしても履行したくないらしい。

別に変なことを命令するつもりもないし、愛梨《あいり》が嫌だと言うならそれでもいい。

ハンデを付けたとはいえ、身体能力で女の子に勝てたことは、誇ることでも何でもないからだ。

しかしそんな態度を取られると……からかいたくなってしまう。

「……約束、破るのか？」

「そ、そういうわけじゃないけど……」

俺の言葉に愛梨は動揺を見せた。

必死に目を泳がせる。

どうにか逃れる方法を考えているようだが……そんなに嫌なのだろうか？

信用がないのだろうか？

少し傷つく。

「そ、そう！　これで一勝一敗じゃない？」

「……あん？」

意味が分からず、素で変な声が出てしまった。

愛梨はそれを俺が怒っていると勘違いした……のだろうか？

ビクっと少しだけ身を竦ませた。

「ほ、ほら……柔軟では私が勝ったじゃない？」

「いや、あの時は別に……」

「三回勝負にしましょう！　……だ、だめ？」

愛梨は上目遣《うわめづか》いで、そして弱々しい声で俺にそう尋ねた。

こういう頼まれ方をすると……嫌とは言えなくなってしまう。

「……いいよ」

「やった！　一颯君、優しい!!」

俺の言葉に愛梨は途端に笑顔を浮かべ、抱き着いてきた。

先ほどまでの態度が嘘のようだ。

「だからくっ付くな！」

俺は強引に愛梨を引きはがした。

引きはがすと愛梨は残念そうな表情を浮かべたが、しかしすぐにニコニコとした表情に戻った。

「で、何の勝負にする？　……普通に水泳で対決したら、結果は同じだぞ」

「そうね。芸もないし、つまらないし、さらにハンデをもらうのも変な話だし……」

愛梨は顎《あご》に手を当てた。

そしてしばらく考え込んだ様子を見せてから、ポンと軽く手を打ち、言った。

「サウナはどう？」

※

「サウナはどう？」

私の提案に一颯君は眉を顰めた。

「サウナ……って、どうやって勝負するんだ？」

「我慢比べ以外にある？」

つまりより長くサウナに入っていられた方が勝ち。

これなら、私と一颯君の筋力差は関係なく、精神力や根性の問題なので、フェアな勝負ができるはずだ。

「う、うーん……」

私は良い提案だと思ったが、一颯君は渋い表情を浮かべた。

暑いの、得意じゃないんだけどなぁ……みたいな、そんな顔だ。

「自信ないの？」

しかし私がそう言うと一颯君はムッとした表情を浮かべた。

「そんなわけあるか。……いいよ、サウナで勝負しよう」

あっさりと乗ってきた。

相変わらず負けず嫌いで、単純だ。

どれだけ体が成長しても、大人っぽくなっても、男らしくなっても、こういうところは変わらない。

そこは少しだけ……可愛いと思ってしまう。

「じゃあ、決まりね。早速、行きましょう！」

「あぁ……って、だからくっ付くな！」

私が一颯君の腕を絡《から》めとると、彼は少し赤らんだ顔で、私を引き剝がそうとする。

何だかんだ言いながら、私の肌に触れたり、肌に触れられたりするのは、恥ずかしいらしい。

こういうところも昔と変わらず、やっぱり可愛い。

「いいじゃない、ちょっとくらい」

「いや、ちょっとじゃ……」

「……それとも嫌？　嫌い？」

私がそう尋ねると、一颯君は困惑の表情を浮かべた。

「……好きにしろ」

そして私から顔を背け、照れくさそうに言った。

やはり一颯君は私に優しい。

もっとも、もしかしたら満更でもないと思っているのかもしれないけれど。


「じゃあ、覚悟はいい？　入った時点からスタートだからね？」

「はいはい」

私は一颯君の返事を聞いてから、サウナの中に入った。

入った瞬間、体が熱気に包まれ、汗が噴き出てきた。

だけどこれくらいなら、どうということはない。

私は勝ちを確信する。

「中は俺たちだけか」

だ。


「貸し切りね」

知らない人と一緒にいるのが嫌というわけではないが、今は一颯君との勝負中だ。

私にとって一颯君と競ったり、張り合ったりするのは何よりも楽しいことだし、大切なことだ。

だから誰《だれ》にも邪魔されず、二人きりというのは都合が良かった。

「プールで涼むつもりだったんだけどなぁ」

「もう弱気？　汗びっしょりだけど。……ギブアップする？」

「まさか。あと、汗びっしょりなのはお前もだ」

私たちは軽口を叩きながら、椅子《いす》に座った。

そして時が経つのをじっと待ち始めて……私は気付く。

これ、地味に辛《つら》い。

「愛梨は……勝ったら俺に何を命令するつもりでいるんだ？」

一颯君も同じことを思ったのだろうか。

私に話しかけてきた。

私も何もせずにただ暑さに耐えるのは暇だし、辛いので、会話に付き合うことにした。

「それは負けてからのお楽しみということで」

「ふーん」

「でも、何でもだからね。覚悟してよ？」

私は両指を動かしながら、一颯君を脅すようにそう言った。

実際のところはあまり考えていない。

最初は筋肉でも触らせて貰《もら》おうかと思っていたけれど……別に命令せずとも一颯君は何だかんだで触らせてくれる。

というか、一颯君は私のお願いであれば、大抵のことは叶《かな》えてくれる。

そして〝何でも〟とは言ったが、一颯君が本当にしたくないことなど、できるはずないし、命令もできない。——嫌われたくないからだ。

「……ちなみにそう言う一颯君は？」

私は少しだけ緊張しながら、そう尋ねた。

私が本当に嫌がることはしないだろう、命令しないだろうと……その点については私は一颯君を信じている。

とはいえ、一颯君も男の子だ。

そして私は凄く可愛い女の子だ。スタイルも抜群だし、肌も綺麗だ。

だからそういう欲望を叶えるために限界ギリギリのラインを攻めてくる可能性は十分に考えられる。

……散々、一颯君の劣情を煽った以上、多少なりともそういうことをされても文句は言えないことは自覚している。

「想像に任せる」

「ふーん、じゃあえっちなことをするつもりなんだ？」

私は少しだけ緊張しながらも、からかうような声音で一颯君にそう言った。

すると一颯君は呆《あき》れた表情を浮かべた。

「するわけないだろ」

冷たい反応だった。

私はそんな一颯君の態度に少しだけ苛立った。

あんなに照れていたくせに。一颯君のくせに。ちょっと生意気だ。

「そんなこと言っちゃって！」

私はそう言って一颯君の肩に触れた。

すると一颯君は不愉快そうに眉を上げた。

……まだイケると確信した私は、一颯君の体に抱き着く。

「おい……さすがに暑苦しいぞ……」

「それは私もだから」

私はそう言いながら一颯君の背中とお腹を撫でる。

弾力性の強いゴムのような、分厚い筋肉の感触がした。

「わぁ……硬いね。一颯君」

私は感心しながら一颯君の体を撫でる。

普段は服に隠れていて分からないが、意外と一颯君は筋肉質だ。

気痩せするタイプなのかもしれない。

「お、おい。愛梨、あまりくっつくな。暑苦しい……」

「良いじゃない、減る物じゃないんだから。……一颯君も触る？　私の」

恥ずかしがる一颯君の耳元で私はそう囁いた。

私も散々、一颯君の体を触ったので、背中くらいなら触らせてあげても良い。

もっとも、恥ずかしがり屋の一颯君のことだから、触ってくるようなことはしないだろう。

「ば、馬鹿を言うな！　そんなこと……！」

「照れ屋さんだなぁ」

思った通りの反応が面白《おもしろ》くて、私は思わず笑った。

それから挑発するように尋ねる。

「ところで……一颯君。びしょびしょだけど、大丈夫？」

一颯君の肌は汗でびっしょりと濡《ぬ》れていた。

何だかんだでサウナにかなり長い間、入っている気がする。

そろそろ限界なんじゃないだろうか？

「それは……お前もだろ。さっきから、床に垂れてるぞ」

一颯君の反論に私は思わず言葉を詰まらせた。

私も一颯君と負けず劣らず、汗に濡れていた。

そして……ちょっと限界が近い気がする。

私はそんな自分を鼓舞するために、そして一颯君を挑発するために、敢《あ》えて笑みを浮かべた。

「負けたら〝何でも〟してもらうからね？」

※

「……降参してもいいんだぞ」

「……まだまだ、だから」

俺の降伏勧告に対し、愛梨は気丈に首を左右に振った。

すると愛梨の形の良い顎から、ポタポタと汗が垂れ落ちた。

「絶対……負けないから」

愛梨は汗に濡れ、赤らんだ顔で俺を睨みつけながらそう言った。

しかしそれでも辛いようで、顔を俯《うつむ》かせた。

先ほどまで、俺を散々に挑発したり、体を撫でまわしてきた人とは別人のようだ。

本当に限界に近いのだろう。

「……別に変な命令をするつもりはないぞ？」

「そうやって、油断させるつもりでしょ？　その手には乗らないからね」

愛梨はそう言うと静かに立ち上がった。

さすがに体と体を密着させて、これ以上続けるのは苦しいと判断したのだろう。

距離を取ろうと、歩き始め……グラっとバランスを崩した。

「愛梨！」

俺は慌てて愛梨を抱きしめた。

愛梨の柔らかい肌の感触に少しドキドキしてしまうが、今はそれを気にしている暇はない。

「い、一颯君……」

「だ、大丈夫か……？」

俺は愛梨にそう尋ねた。

顔を赤くし、汗に濡れ、苦悶の表情を浮かべるその顔は不覚にも……艶《つや》っぽいと感じてしまった。

「だ、大丈夫……このくらい、どうということ、ないから」

愛梨はそう言うと、俺の体を強く抱きしめた。

そしてそれを支えにしながら、立ち上がる。

それから俺に対して生意気そうな笑みを浮かべてきた。

「そういう一颯君は……びしょびしょだけど、大丈夫？」

「……そういうお前は水たまりができてるだろ」

先ほどまで愛梨が座っていた場所には、汗の水たまりができていた。

木製の椅子にはお尻《しり》の形が残ってしまっている。

これはさすがに恥ずかしかったのか、愛梨はそこから目を逸らし、あらためて俺に向かって宣言した。

「勝つのは私、だから」

「いや、あまり無理を……」

「何でも、だからね。何でも……してもらうから」

愛梨は強気な表情でそう言うが、俺には無理をしているように見えた。

どうした物かと俺は考える。

このまま勝負を続行してもいいが……愛梨の体調が心配だ。

勝敗よりも、愛梨の身の安全の方が遥《はる》かに大切だ。

「……そうか。じゃあ、俺はもう、出るよ。限界だから」

「え？」

少し驚いた表情を浮かべている愛梨を尻目《しりめ》に、俺はサウナの扉を開けた。

そのままシャワーに向かい、冷たい水を浴びた。

体が冷えていく感覚が心地よい。

「……私の勝ちでいいの？」

俺の後に続いて出てきた愛梨が、俺にそう尋ねてきた。

俺は肩を竦めた。

「お前の方が長くいられたんだから、お前の勝ちだろう？」

「えー、でも……」

「それとも……俺の勝ちの方が良かったか？」

俺がそう尋ねると、愛梨は首を何度も左右に振った。

それからようやく、いつもの生意気な笑みを浮かべて見せた。

「私の勝ち！」

※

水分補給をしてから、俺たちは再びプールに戻った。

まだまだ泳ぎ足りなかったからだ。

もっとも、サウナで体力を消耗したのもあり、しばらくは水で浮かんだりするだけだったのだが……

「さて、一颯《いぶき》君には何をしてもらおうかなぁ」

唐突に愛梨《あいり》はそんなことを言い出した。

俺《おれ》は思わず苦笑いを浮かべる。

「……お手柔らかに頼むよ」

「うーん」

愛梨は少し考え込んだ様子を見せてから、ポンと手を打った。

「じゃあ、肩車して」

「……肩車？　それだけでいいのか？」

「うん」

俺は少しだけ拍子抜けしたが、それが愛梨の望みであればと、俺は彼女に背中を向けてしゃがんだ。

愛梨は遠慮することなく、俺の肩に足を掛け、首に股を乗せた。

「このまま、プールを一周ね！」

「はいはい。お姫様」

俺は愛梨の太もも感触に少しドキドキしながらも、愛梨を乗せて馬のようにプールを一周するのだった。

第五章 ＊ 絶体絶命絶交編 ＊

ある日の夜。
予備校の帰り道を一人で歩いている時……ふと、気付いた。
……誰《だれ》かが付けてきている。
ストーカー。不審者。痴漢。お化け。幽霊。地縛霊。妖怪。
そんな単語が私の脳裏を過《よぎ》るが……私は首を大きく左右に振った。
きっと、偶然だ。
たまたま進路が私と同じなだけだ。
次の曲がり角で曲がれば、きっと……大丈夫。
そう思いながら私は早足で曲がり角を曲がった。
しかし背後の気配は変わらない。
それどころか、徐々に距離を詰めているようにも感じる。
ドクドクドクと、私の心臓が激しく鼓動する。
私は走り出したい衝動に駆られた。

でも走り出して、もし追って来たら、本当にお化けか不審者ということになる。

逃げ切れるかも分からない。

怖い、逃げたい、でも逃げる勇気もない。

自然と目頭が熱くなる。

「私が、悪かったから。助けてよぉ……」

いつもは私と一緒に帰ってくれる、側にいてくれる、守ってくれている……幼馴染の顔を思い浮かべながら祈る。

でも、一颯《いぶき》君は来てくれず……

背後の何かは少しずつ、距離を詰めてくる。

追いつかれる……！

私は覚悟を決め、鞄《かばん》を持つ手に力を込めて……

※

ある日の夕方。

予備校の休憩室にて……

「俺は上がりだ」

「私も上がり！」

俺――風見《かざみ》一颯と、その幼馴染である愛梨《あいり》は揃《そろ》ってハイタッチをした。

「夫婦そろって上がりかよ」

すると、俺の正面に座っていた少年が苦虫を噛み潰《つぶ》したような表情でそう言った。

どこかチャラチャラとした雰囲気を感じさせる茶髪の少年。

名前は葛原蒼汰《くずはらそうた》。

ちなみに……染めているように見えるが、こいつの髪は地毛だ。

「相変わらず、仲が宜《よろ》しいですねぇ」

続けて愛梨の正面に座っている少女が、苦笑しながらそう言った。

おっとりとした印象を受ける、明るい茶髪の少女。

名前は葉月陽菜《はづきひな》。

なお、こいつの茶髪は染めたものだ。

二人はクラスこそ違うものの、同じ中学出身で、今でも同じ高校に通う同級生だ。

そして今でも通う予備校が同じということもあり、仲良くしている。

こうして……予備校の休憩室で、〝ババ抜き〟に興じるくらいには。

「その夫婦ってのやめてくれないか？」

「私たち、恋人じゃないし。……最近、そういう気持ちは全くないって、はっきりしたの」

俺と愛梨が揃ってそう言うと、葛原と葉月は揃って目を見開いた。

「別れたのか？」

「その割には以前と変わらないように見えますけどね」

……こいつら。

相変わらず、俺と愛梨が恋人同士だと思っているようだ。

とはいえ、ムキになって「恋人じゃない」と言い張っても、からかわれるだけだ。

「別れたも何も、そもそも最初から恋人じゃない……という話は何度もしているはずだが」

「……まあ、いろいろあって、私たちも関係を見つめ直してみることがあったのよ。結果として、そういう気持ちは全くないと、再確認できたの」

俺と愛梨は淡々とそう説明した。

すると葛原と葉月は揃って顔を見合わせた。

「(……いつものやつか)」「(いつものやつですね)」

そしてボソボソと二人で何かを呟《つぶや》く。

俺と愛梨は思わず眉《まゆ》を顰《ひそ》めた。

「……何か、言ったか？」

「言いたいことがあるなら、はっきり言って欲しいのだけれど」

すると二人は笑みを浮かべながら首を左右に振った。

「いやいや、何でもない。しかし恋人同士じゃないと言う割には……」

「友達の割には距離が近すぎるような気がしますが、その辺りはどうお思いで？」

ニヤニヤとした笑みを浮かべながら、二人はそう指摘してきた。

それに対し、俺と愛梨は揃って「幼馴染《おさななじみ》だから」と答えた。

幼馴染同士だから距離が近いのは当然だ。そしてそれはイコールで恋人ということにはならない。

「まあ、男女で仲が良ければ恋人同士という認識なら、それはそれで良いが……」

「それだと私は葛原君とも、恋人同士ということになってしまうんじゃないかしらね？」

「……それはそれで俺は大歓迎だな」

「いや……その、ごめんなさい。今のは、その、そういう意味では……」

「おい、待て。そんなガチな感じで断るな。冗談だから！」

「「あはははははは!!」」

「笑いすぎだろ！」

俺と葉月は手を叩《たた》いて大笑いした。

葛原は心外だと言わんばかりにムスっとした表情を浮かべた。

いい感じに話題が逸れたと、俺はホッと息をつくが……

「ただ仲が良いだけで恋人同士にはならないというお二人の意見は納得です」

ひとしきり、大笑いをした葉月が涙を拭いながら話を蒸し返してきた。

それからニヤっとした笑みを浮かべる。

「大事なのは相手を異性としてどれくらい意識しているか……つまり性的興奮の有無かと。その辺りはどうでしょうか？」

葉月の指摘に俺は少しだけ……ドキッとした。

愛梨に対してそういう気持ちや感覚がないかと言われると、それは嘘《うそ》になるからだ。

しかしそんなことは……葉月にはもちろん、愛梨にも悟られるわけにはいかない。

「愛梨の顔を見ても……美人だとは思うけど。だからと言ってなぁ……親の顔よりも見た顔という意味では安心感があるが……」

俺は努めて平静を装い、愛梨の顔を見ながらそう言った。

「もっと親の顔を見て」

愛梨はそう言って苦笑してから、俺の顔を覗《のぞ》き込みながら、大きく頷《うなず》く。

「……と言っても、私もあなたの顔を見ても、実家のような安心感しか感じないけどね？」

……愛梨も俺と同じように強がりなのだろうか？

それとも本当にそうなのだろうか？

「もっと実家に帰れ」

俺が苦笑しながらそう言うと、愛梨は小さく肩を竦《すく》めた。

「実家にいる時間よりも一颯君と一緒にいる時間の方が長い……」

「……俺も親よりもお前と一緒にいる時間の方が長いからな」

俺と愛梨は揃って頷いた。

親と一緒にいる時間よりも、そして自分の家にいる時間よりも、愛梨と一緒にいる時間の方が長い。

これは本当のことだった。

「うーん、確かにお二人は普段からイチャイチャしていますが……友人同士の範囲内と言われれば、ギリギリそうとも言えなくもないですね」

「そうだな。……キスとか、一線を越えているところは見たことはないし」

納得したと言わんばかりに頷く葉月と葛原に対し……

俺は思わず言った。

「……いや、まあ、キスの有無はそこまで、関係があるとは思えないけどな」

「キ、キスできたからといって恋人ということには……ならないいんじゃない？」

愛梨もまた、俺に続けてそう主張した。

そして気付く。

……キスという言葉に過剰に反応し過ぎたと。

「え？　あるんですか？　キスしたこと」

葉月はニヤっと笑みを浮かべ、俺と愛梨の動揺を指摘してきた。

俺と愛梨は思わず目を合わせた。

……愛梨の顔は少しだけ、赤かった。

「一度だけ、な？」

誤魔化《ごまか》しきれないと悟った俺は、できるだけ平静を装いながら葉月に対してそう言った。

愛梨もまた、同様に頷きながら答えた。

「……ものの試しでね。興味本位というか……ほら、興奮したら、そういうことじゃない？

まあ、少なくとも私は、何ともなかったけどね？」

……私は何ともなかった、だって？

まるで俺は違うというような言い方だ。

そもそも何ともないということはなかったはずだ。

興奮していたかどうかはさすがに分からないが、しかし照れてはいたし、恥ずかしがってもいたはずだ。

「いや、お前はめちゃくちゃ照れてただろ」

「は、はぁ？　照れてないし！　ちょっと、そういう嘘言うのやめてもらえないかしら。それとも、そういうことにしたいの？」

俺の指摘に対し、愛梨は顔を真っ赤《まっか》にしながら、早口でそう言い返してきた。

……嘘と言われると、どうしても認めさせたくなる。

「まともに目も合わせられなかったくせに、よく言えるな。少し前も冗談でキスしようって言ったら、きょどりまくってたし……」

「きょ、きょどってたのは一颯君でしょ？……あ、分かった！　本当はしたかったんでしょ？　強がりで効いてないフリしてるんでしょ？　……前も勘違いしてたしね？」

「なっ！　お、お前‼　あの時のあれは……」

「まあ、私は可愛《かわい》いし、魅力的だからね。童貞の一颯君がそうなっちゃうのは仕方がないから、別に責めるつもりはないわよ？　そういうお年頃だものね？」

「そりゃあ……あれだけ顔を真っ赤にして、腰まで砕けてちゃなぁー……本当はしたかったのは、お前じゃないか？」

「うわっ、これがナルシスト勘違い男かぁー」

「でも、お前はナルシスト勘違い女に加えて、ぶりっ子でムッツリでメンヘラじゃん。うわっ、お前、地雷女じゃん。関《かか》わるのやめようかな」

「あぁーあ、そういうこと言うんだぁー。いいよ、分かった。じゃあ、もう話しかけないから、話しかけてこないでね。絶交だから！」

愛梨はそう言って頰《ほお》を膨らますと、俺から顔を背《そむ》けた。

「あぁ、そうか。分かった、もう二度と話しかけない」

俺は鼻を鳴らすと、愛梨から顔を背けた。

「蓋を開けてみたら、倦怠期《けんたいき》夫婦の痴話喧嘩だったな」

「つまり、いつものやつですね。心配して損しました」

「「夫婦じゃない!!」」

※

予備校での授業が終わった時にはすでに日が暮れ、辺りは真っ暗になっていた。

俺は普段通り、愛梨に言った。

「愛梨、帰るぞ」

「……」

しかし俺の呼びかけに愛梨は応じなかった。

じっと、こちらを睨《にら》みつけてくる。

どうやら授業前の「絶交」をまだ続けているらしい……

「まだ拗《す》ねてるのか?」

俺の呆《あき》れ声に対し、愛梨は頬を背けることで答えた。

そして明後日の方向を向きながら――あくまで俺に話しかけているわけではないと言うように……

「絶交した人とは話しません！　……ごめんなさいって必死に謝るなら、許してあげないこともないけれどね？」

そう言ってから、こちらをニヤっと笑みを浮かべた。

さすがに小学生の頃とは異なり、いつまでも拗ね、臍《へそ》を曲げ続けているわけではないようだ。話そうとしないのは、悪ふざけのつもりなのだろう。

俺を困らせて楽しんでいるのだ。

愛梨のこういう態度は珍しくなく、普段は俺が折れる形で――つまり謝ることで、丸く収まる。

ある意味、信頼の裏返しだが……

「ごめんな、愛梨」

「全く、仕方な……」

「本当のことを言って」

こういう生意気な態度を取られると、俺も愛梨を困らせたく――わからせたくなる。

俺の煽りに対し、愛梨はショックを受けたような表情を浮かべるも……

「……ふん」

愛梨は「怒ってます」と言わんばかりにプイっと頬を背けた。

それからチラチラっと俺の顔色を伺ってきた。

早く謝ってよ……引っ込みが付かないじゃん！

と、言葉にすればそんな表情である。

しかしそれを実際に口にするまで、俺は謝ってやるつもりはなかった。

「さて、帰るか」

「……ふん」

俺がそう言って歩き始めると、愛梨はわざとらしく鼻を鳴らしてから、後ろに付いてきた。

……どうせ意地を張るなら、一緒に帰らないという選択をすれば良いのに。

もっとも、本当に夜道を一人で歩かせるわけにはいかない。

それをされると俺は妥協して謝らざるを得ないのだが。

「……ふん！」

道中、何度も鼻を鳴らす愛梨。……構って欲しいらしい。

「何か言ったか？」

そう問いかけてあげると……

「……」

今度は本当に黙ってしまった。

俺たちは会話もないまま、駅で電車に乗り、家から最寄りの駅に降りた。

俺たちの実家は〝田舎の中では都会に当たる田舎〟(つまり田舎)なので、この駅から少し離れただけで辺りは真っ暗になる。

「……」

気が付くと、愛梨は俺のすぐ側を歩いていた。

相変わらず、暗いのは怖いらしい。

怖いなら意地を張らなければいいものを……

「あっ!」

と、そこで俺は〝あること〟を思いつき、わざとらしく声をあげて立ち止まった。

すると愛梨も律儀に立ち止まる。

そして怪訝《けげん》そうな表情を浮かべた。

「忘れ物をした。待っててくれ。……心細いなら、待っててもいいぞ?」

「……ふん!」

勝手にすれば? と言わんばかりに愛梨は顔を背けた。

そしてチラっと不安そうに視線だけを向けてくる。

「じゃあ、先に帰ってくれ」

俺はそう言うと、不安そうにしている愛梨を置いて、家とは反対方向へと歩き始めた。

……
チラ
チラ

さて……慌てて付いてくるか、それとも意地を張り続けるか。

愛梨が選んだのは後者だった。

俺は曲がり角を曲がり、愛梨の視線から外れると足を止めた。

「……さて、どうするかな？」

そしてこっそりと、曲がり角から愛梨の様子を伺う。

実は愛梨に言った「忘れ物をした」というのは、愛梨をからかうための嘘だ。

ちょっとした仕返しである。

このまま愛梨をしばらく放置して、心細くなった愛梨がどんなことをするのかを見て、楽しむつもりだ。

俺の予想は、しばらくしてから携帯で「いつ戻るの？」という感じのメールを送ってくる……という感じだ。

しかし……

「……意外に頑張るな」

俺の予想とは裏腹に愛梨は一人で歩き始めてしまった。

さすがに一人で歩かせるわけにはいかないので……俺はこっそりと、愛梨の後を追う。

もっとも、「ごめん、あれは嘘」などと言うのは悔しいので、気付かれないようにだ。

しかし後を付けているうちに、心の奥底から悪戯《いたずら》心が芽吹いてきた。

このままゆっくり近づいて、後ろから驚かせたらどんな反応をするだろうか？……と。

さすがにそれは可哀想《かわいそう》だという気持ちと、普段は我儘《わがまま》に振り回されたり、悪戯をされたりしているのだから、たまにはやり返しても良いだろうという気持ちが鬩《せめ》ぎ合い……

（……よし）

後者が勝利する。

ゆっくりと、可能な限り、愛梨の足音と自分の足音を被《かぶ》せるようにしながら、近づいていく。

そのまま曲がり角を曲がり、街頭の光も弱々しい暗がりに差し掛かったところで……

「わっ……」

「いやぁぁぁぁああ！　一颯君、助けてぇ!!！」

「い、いってぇぇえええ!!！」

顔面に激痛が走った。

思わず悲鳴を上げ、呻《うめ》き、蹲《うずくま》る。

少し痛みが治まり、俺はゆっくりと顔を上げた。

そこにはきょとんとした顔で鞄を握りしめる愛梨が立っていた。

「……えっ、一颯君？」

驚かせることには成功したが……手痛い反撃を食らってしまった。

俺は非常にバツが悪い気持ちになりながら、愛想笑いを浮かべる。

「あ、あぁ……うん」

「驚かせないでよ……」

愛梨は大きく肩を落とした。

それから俺を睨みながら、ゆっくりと距離を詰めてきた。

「わ、悪い……悪ふざけが過ぎた」

「……」

「ごめん……ごめんなさい。……申し訳ございませんでした」

「……」

愛梨は無言で手を大きく振り上げた。

これは大人しく、殴られるしかない。

そう覚悟を決めたが……

「……もう」

ポンっと、愛梨の拳《こぶし》は軽く俺の胸を叩くだけで終わった。

それから俺の肩を両手で掴《つか》むと、頭突きをするように、俺の頭に額を擦《なす》り付《つ》けた。

「……愛梨？」

「ぐすっ……」

俺の問いかけに愛梨は小さな啜《すす》り声を上げると……

「怖かったんだからぁ……」

ゆっくりと顔を上げた。

その目はちょっぴり、涙ぐんでいた。

「……別に泣いてないから」

そして目をゴシゴシ擦る。

どう見ても泣いていたように見えるが……

「いや、泣いてただろ」などとからかうほど俺は愚かではないし、そんな気には全くならなかった。

「そうか……」

「……うん」

「その……愛梨」

「……何?」

「ふざけすぎた。……ごめん」

愛梨を……大切な幼馴染を傷つけ、泣かせてしまった。

後悔と罪悪感で胸が押しつぶされそうだった。

免罪符が……愛梨からの許しが、どうしても欲しかった。

「……許して欲しい?」

俺の謝罪に対し、愛梨はそう問いかけた。

その顔はちょっぴり……笑っていた。

少しだけ心が軽くなる。

「許して欲しい」

「何でもする？」

「何でもする」

「本当に？」

「本当に、本当だ」

「うーん……じゃあ……」

愛梨は顎に指を当て、それからニヤっと笑みを浮かべた。

「アイス、買って」

「分かった」

「……え、いいの？」

……何故《なぜ》か提案した方が驚きの声を挙げた。

どうやら冗談半分だったらしいが……俺は本気だ。

「それで許してくれるなら」

「……高いのでもいい？」

「いいよ」

俺がそう答えると……

「……えへへ、得しちゃった」

嬉《うれ》しそうに愛梨は笑った。

※

それから俺たちは元来た道を少し引き返し、コンビニに入った。

そして愛梨が選んだ――容赦なく、一番高いものだった――アイスを購入する。

「あぁー、幼馴染が買ってくれたアイスは美味《おい》しいなぁー」

駐車場に座りながら、愛梨は機嫌良さそうにアイスを食べる。

気が付けば〝絶交〟の設定は無くなっていた。

もっとも、俺としてはこのまま全《すべ》て水に流してくれるのはありがたかった。

「早く食べ終えろよ」

「はいはい」

そんな適当な返事をしてから、アイスを口に運ぶ。

それからじっと、愛梨はアイスを見て、それから俺の顔を見つめる。

「どうした？」

「えっと……」

愛梨は少し言い淀《よど》んでから、俺から目を逸らした。

そして呟くように言った。

「……意地張ってごめんね」

「それは……まあ、俺も同じだ」

「じゃあ、お相子ということで」

そう言ってから愛梨はアイスをスプーンで掬《すく》った。

そして俺を見上げて……

「一颯君」

「どうし……んっ」

口を開いたところに、スプーンを捻《ね》じ込まれた。

バニラの甘い香りが口の中に広がる。

「美味しい？」

「あ、あぁ……美味しい、けど……」

これ、間接キスじゃ……

そんなことが脳裏を過《よぎ》るが、しかし愛梨は特に気にした様子は見せず、笑みを浮かべた。

「お詫《わ》びの印ね」

「……俺の金で買ったんだけどな」

俺の言葉に愛梨は「ふふん」と何故か自慢気な表情を浮かべた。

「私が受け取った時点で、私の物よ。……どこかおかしい？」

「いや、おっしゃる通りだ」

俺たちは揃って笑った。

アイスを食べ終えた後、俺たちは再び夜道を歩き始めた。

今度は二人で一緒に。

「ねぇ、一颯君」

「何だ」

「いつも、ありがとうね」

「……急にどうした？」

俺が聞き返すと、愛梨はそっと俺の手を握ってきた。

小さな白い手の温《ぬく》もりが、じんわりと伝わってくる。

「いや、失って初めて分かる大切さみたいなものを、さっき知って」

「……」

どうやら、少しの間とはいえ、一人で夜道を歩くのは心細かったらしい。

再び俺の心の中に罪悪感が燻《くすぶ》り始める。

「だから、いつも……ありがとうね。これからもよろしく」

「あぁ、分かった」

愛梨の言葉に俺は大きく頷いた。

愛梨は自分が守るのだと、柄でもないがそんな義務感が湧《わ》き上がってきた。

「びっくりさせるのは無しね」

「……それは猛省している」

「結婚した後も、よろしくね」

「ああ、分か……」

思わず頷きそうになった。

「……それはどういう意味だ？」

お互い、別の相手と結婚した後も幼馴染同士仲良くしていこうという意味か。

それとも……

「あははは」

愛梨は楽しそうに笑った。

そして俺《おれ》の手を離し、少し進んで、クルっと向き直り……

「冗談！」

楽しそうに笑った。

第六章 ＊ らぶらぶピアノ二重奏編 ＊

「……シない？」

妖精《ようせい》のように可憐《かれん》な容姿の少女が俺の顔を覗《のぞ》き込みながら、そう言った。

俺は思わず目を逸らした。

前かがみになったことで、僅《わず》かに下着と胸の谷間が見えてしまったからだ。

「う、うーん……」

俺は視線を逸らしながら、誤魔化《ごまか》すように唸《うな》る。

「ねえ、シよ？」

しかし戸惑う俺に構うことなく、少女は俺の腕を強引《ごういん》に引き寄せた。

少女の柔らかい胸の感触に、俺の心臓が激しく鼓動する。

「い、いや……でも……上手《うま》くできるかどうか……」

自信がない。

恥ずかしく思いながらも俺が正直な気持ちを告白する。

すると少女はいつになく大人びた微笑を浮かべ……

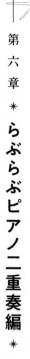

「私がリードしてあげるから……ね？」

その蠱惑的《こわくてき》な唇を動かした。

※

ある日のこと。

当たり前のように俺の部屋に上がり込んできた愛梨《あいり》は、開口一番に言った。

「あれ？　これ、アルバムじゃん」

俺の部屋に無造作に積まれていた分厚い冊子。

その正体はアルバムである。

「あぁ……少し、懐かしくなって。昨日の夜頃から、見てたんだ」

「へぇー」

愛梨は俺の言葉に適当な返事をしながら、断りもせずにアルバムを開いた。

そこには幼い頃の俺と愛梨の姿が写っていた。

「うわぁ、懐かしい！　これ、運動会の時のやつだよね？　……何年生だろ？」

「大玉転がしは確か、二年生だった気がするぞ」

そこには懸命に玉を転がす俺と愛梨の姿が写っている。

当時は一年生という後輩もできたことで少し大人になったつもりでいたが……今にしてみると顔つきも体付きも幼く、可愛《かわい》らしい。

特に愛梨は顔立ちの幼さもあり、今以上に生意気に見える。

「一颯《いぶき》君、可愛いなぁー。この頃の一颯君って、女の子みたいだね」

愛梨はにへらと少し気持ちの悪い笑みを浮かべながら、俺の写真を撫《な》でた。

俺は思わず眉《まゆ》を顰《ひそ》める。

「……悪かったな、女顔で」

昔の俺は中性的な顔立ちで、加えて小柄で虚弱体質で色白だった。

そのせいか幼稚園児や小学生の頃は女の子と間違えられることも多々あった。

今はさすがにそういうことはないが……

「いや、褒《ほ》めてるんだよ？　可愛いって」

愛梨は笑いながらそう言った。

本気でそう言っているのか、からかっているのか……俺の耳には後者に聞こえた。

「俺は男だからな……可愛いと褒められても」

「へぇ、そういうの気にするのね」

……愛梨にとってはどうでも良いことだったのだろう。

俺の言葉を適当に流しながら、別のアルバムを開いた。

そこにもやはり運動会の写真が貼《は》られている。

これは小学三年生の頃のものだ。

愛梨は次々とアルバムを開いていき……学年ごとの運動会の写真を並べた。

「この頃は私よりも背が低かったっけ。いやぁ、本当に可愛い。タイムマシンで誘拐《ゆうかい》したい」

「タイムパトロールさん、犯人はこいつです。……人の幼少期の写真に欲情するな」

さすがに本気で昔の俺に欲情しているわけではないと信じたいが……

こいつは割とショタコンの気質があるので、あまり冗談には聞こえない。

まあ……本物のショタに欲情されるよりは、昔の俺の写真に欲情してもらった方が公共の福祉には反しないかもしれないが。

「そんなこと言って……実は一颯君、ロリだった頃の私に興奮して、見てたんじゃないの？」

「そんなわけないだろ。自意識過剰め」

俺は愛梨を鼻で笑いながら、一枚の写真に目を向けた。

五年生の頃の写真だ。

愛梨は少し土に汚れた体操服のまま、強引に俺の肩を抱いて、ピースをしていた。

この頃は愛梨の方が背が高く、体が大きかったこともあり、されるがままになっていた。

俺は迷惑そうな表情にも、照れているようにも、恥ずかしがっているようにも見えた。

この時は確か……

「こうしてみると……私、まあまあ、発育いいね？」

「……反応に困ることを聞くな」

思い出した。

この時、剝《む》き出しの腕に愛梨の膨らみが当たり……俺はそのことが無性に恥ずかしくて仕方がなかったのだ。

「ちなみにこの時の私、下着つけてないと思うわ。いわゆる、謎《なぞ》校則というやつがあったし」

「……今は改善されているといいな」

愛梨は発育が早かったようで、背も高ければ、胸もそれなりに――同年代の小学生と比較してだが大きかった。

しかも本人が言うように、ブラジャーを付けていないこともあった。

にも関《かか》わらず、こいつは無遠慮に、恥じらいもなく、俺に対して過剰に抱き着いたりというようなスキンシップ行為を繰り返してきたのだ。

当時の俺は身長は低かったし、発育も悪く、女顔ではあったが……その手の知識や欲求だけは一丁前に持っていた。

早めの思春期に入っていたのだ。

だからそういうことを一切《いっさい》気にしていないように見える愛梨に、そんな劣情を抱いていることを勘付かれたくなくて、それでも満更でもない気持ちにならないでもなかったりと……

いろいろと大変だったのだ。

「全く、一颯君。照れちゃって……」

ニヤニヤと笑いながら愛梨は俺を肘で突《つつ》いた
愛梨もまた昔のことを思い出し、俺が妙に照れていたことを思い出したのだろう。

……もしかして、こいつ、昔から分かってやっていたのだろうか？

無邪気で無頓着なフリをして、露骨に反応する俺を内心で笑っていたのだろうか？

からかっていたのだろうか？

そう思うと……無性に腹が立ってきた。

「しかし、愛梨。そういうお前は……随分と小さくなっちゃったな」

仕返しと意趣返しも兼ねて、俺はそう言いながら愛梨の頭をポンポンと叩《たた》いてやった。

言うまでもなく、今の俺は愛梨よりも背が高い。

付け加えるのであれば、俺は男子高生の平均よりも高く、愛梨は逆に女子高生の平均よりも低い。

要するにこいつは成長期が早かったが、終わるのも早かった。

「むむ……」

「どうした、愛梨？　気に障ったか？」

身長を越してやった時のこいつの顔は見物だった。

中学生の頃を思い出しながら、俺は愛梨を子供扱いするように、その頭を撫で回してやった。

すると愛梨は俺の手を跳ね除け、拗《す》ねた様子で頬《ほお》を背《そむ》けた。

「……私はこれくらいの身長が気に入ってるの！」

それからしばらく考え込んだ様子を見せて……

俺の腕に自分の腕を絡《から》めて言った。

「ちなみに……私、こう見えてもDカップだから。こっちは平均よりも大きいよ？　まだ成長期みたい」

ドキっと心臓が跳ねた。

「……変な申告してくるな」

俺は少し強引に――愛梨を傷つけないように気を付けながら――腕を振り払った。

そんな俺の態度に愛梨は満足そうな表情だ。

「全く、照れ屋なんだから」

「……」

何となく、俺は負けた気持ちになった。

「……続き開けるぞ」

俺は強引に話を逸らすために、アルバムを開く。

するとそこにはプールの写真が。

構図は運動会と同様で……愛梨は俺に抱き着き、俺は恥ずかしがっていた。

「やっぱり照れ屋」

「うるさい」

もっと、こう……俺が愛梨をやり込めているような感じの写真はないだろうか？

ページを捲《めく》り、探すが、望むものは見つからない。

愛梨と二人っきりの、似たような構図の写真ばかりだ。

「何か、既視感あると思ったら……うちにあるアルバムと、内容殆《ほとん》ど同じじゃない」

そう言って愛梨は肩を竦めた。

どうやら愛梨の家にも似たような写真がたくさんあるらしい。

「習い事も一緒だったしな」

学校の行事で一緒になるのはもちろんだが……

ピアノ、水泳、空手など、習い事も一緒だったし、スケジュールも被るから遊ぶに行くのも一緒。

これでは写真が被るのも当たり前だ。

とはいえ、中学に上がった頃から少し構図に変化が出始める。

小学生の頃までは一緒に肩を組んだり、腕を絡ませたりという構図が多かったが……それが格段に減った。

二人で並んで微笑んでいるだけ。

そういう構図が増えていく。

「お前が慎みを覚えたのはこの辺りか？」

「別に……私は今も昔も、慎み深い乙女だけど？　一颯君が変に意識するようになっただけでしょう？」

愛梨は女性らしくなり、俺は男性らしくなった。

そしてお互いに異性として意識することも増えた。

それゆえの距離感だ。

「……」

幼馴染《おさななじみ》は異性であり、そしてすでに次の生命を生み出すことができる体になっている。

俺はそんな当たり前の事実を再確認し、少しだけ体を熱くさせた。

そして幼馴染を相手にそのような情欲を抱いたことに、罪悪感と、そしてほんの少しの背徳的な官能を抱く。

「……」

チラっと愛梨へと視線を向けた。

するとなぜか顔を赤らめている彼女と目が合った。

「ど、どうでもいいけど……私だけしか写ってない写真が風見《かざみ》家にあるのって、少しおかしくないかしら？　私のピアノの発表会とか……」

愛梨は少し気まずくなった雰囲気を誤魔化すようにそう言った。

俺と愛梨という組み合わせならば、まだ分かる。

しかし愛梨だけの写真が風見家のアルバムの中にあるというのは奇妙な話だ。

「うちの親にとって、お前は自分の子供も同然ということ……じゃないか？」

実際、母は俺の写真を撮るのも好きだが、愛梨の写真を撮るのも好きだ。

本当は女の子が欲しかった……というのは母がよく呟く言葉の一つである。

「それは……まあ、嬉《うれ》しいけどね。うちのアルバムにも、一颯君の空手の試合の写真があったりするし。でも……」

「……まあ、言いたいことは分かる」

俺たちを自分の子供のように思ってくれているのは喜ばしいことだが……

しかし自分の子供と結婚するだろうから、自分の子供も同然という考え方をしているならば、やめてもらいたいというのが俺たちの本音だった。

「そう言えば愛梨……お前、ピアノ、どうしてやめたんだ？　いい線行ってたじゃないか。勿体《もったい》ない……」

俺は愛梨に尋ねた。

俺はお世辞にも才能があるとは言えなかったが、愛梨は才能があったように見えた。

俺と違って楽しそうにもしていたし……

きっと続けていれば、人に誇るには十分なほど、活躍できたはずだ。

「どうしてと言われても……中学受験で忙しくなったから？　ピアノで食べていく気はなかったし、食べていけるとも思ってなかったし。今でも軽く弾いてはいるけれど……」

愛梨はそう言って肩を竦めて言った。

愛梨にとって、ピアノは暇潰《ひまつぶ》しの趣味程度の物でしかなかったようだ。

「そもそも先にやめたの、一颯君じゃん。一颯君だって上手かったでしょ？」

「いや……そうでもないよ」

俺は言葉を濁しながらそう答えた。

……正直なところ、俺はピアノは嫌いだった。

俺にとっては親に無理矢理、やらされた習い事の一つでしかなく……今では全く弾いていない。

「……でも、少し懐かしくなっちゃったなぁ」

愛梨はそう言って目を細めた。

そして俺に対して笑みを浮かべて言った。

「ピアノ、弾かない？　久しぶりに」

「え？　ピアノ⁉　……これから？」

俺は思わず聞き返した。

「そう。……しない？」

愛梨は前のめりになりながら、俺にそう提案してきた。

シャツの胸元《むなもと》の間にできた僅かな隙間《すきま》から、下着と谷間が見えてしまい……俺は思わず視線を逸らす。

「う、うーん……」

一緒にピアノを弾く……果たして何年ぶりだろうか。

小学生の頃は幾度か一緒に弾いたことがあるが、それ以来かもしれない。

「ねぇ、しよ？」

愛梨はそう言いながら俺の腕に抱き着いた。

昔よりも大きく感じられる、柔らかい胸の感触が時の経過を物語っている。

「い、いや……でも……上手くできるかどうか……」

小学生の時にやめて以来、俺はピアノに全くと言っていいほど触れていない。

数年前に軽く触れた以来だ。

そんな俺が愛梨と一緒に弾けば、確実に足を引っ張ることになるだろう。

「私がリードしてあげるから……ね？」

怖がらずにやろうよ。

そう言いたげに愛梨は俺の手を軽く握った。

……この感じは久しぶりだ。

俺はふと、懐かしい気持ちになった。

昔の俺は引っ込み思案で、臆病だった。

愛梨はそんな俺の手を握って、いつも言ってくれたのだ。

怖がらないで。一緒にいてあげるから。

意地悪されたり、泣かされたりすることが多々あったにも関わらず、俺が愛梨を嫌いにならなかったのは……

愛梨のそんなところに惹《ひ》かれていたからだろう。

「……分かった。やろう」

気が付くと俺はそう言っていた。


そうと決まれば話は早いと、俺たちは階段を下りてリビングまで向かった。

小学生の頃に買ってもらった（まあ、頼んだ覚えはそもそもないのだが……）ピアノは、今でも変わらずその位置にある。

昔はこれを見るたびに憂鬱《ゆううつ》な気持ちになったものだ。

「意外と埃《ほこり》、溜《た》まってないね」

「母さんが使ってるんだ。たまにね」

俺がピアノを始めたのは母の勧めからだ。

俺が使わなくなってからも、勿体ないからとたまに弾いている。

……もしかして自分が弾きたかったから、買ったのだろうか？

いや、置物になるよりは使ってもらった方が俺としても気は楽だが……

「あら、二人とも……もしかして弾くの⁉」

弾くための準備をしていると、丁度通りかかった母は大きく目を見開いてそう言った。

俺たちは揃《そろ》って頷《うなず》いた。

「まあ、軽くね……」

「はい。使わせてください」

俺たちの返答に母は満面の笑みを浮かべた。

「全然、構わないわ！　それにしても一颯が演奏なんて本当に久しぶり……あ、そうだ！　少し待っててね‼」

そう言うと母は大慌てで走り去ってしまった。

俺たちは揃って顔を見合わせ……それから気を取り直して準備を再開した。

俺は適当な楽譜を取り出し、愛梨に尋ねる。

「で、どれにする？　……できれば簡単なやつにして欲しいけど」

「そうだね。……じゃあ、これとか？」

「それか……それなら、まあ……」

二人で並んで椅子《いす》に座る。

手慣らしにと言わんばかりに、愛梨はドレミファソ……と鳴らし、微笑む。

「二人で弾くのは……本当に久しぶりだね」

「そうだな」

始めようとすると……

「待って！　まだ、始めてないわよね？」

母が息を切らしながら現れた。

手にはビデオカメラを持っている。

俺は思わず眉を顰めた。

「撮影するつもりかよ……」

「ええ、もちろん。だって久しぶりの一颯の演奏だし……何より、愛梨ちゃんと弾くんでしょ？　撮るに決まってるじゃない！」

お母さんのことは気にせず演奏してね！

と言わんばかりに母はカメラを構えた。

俺たちは露骨に嫌そうな顔をすることで拒絶の意思を現したが……

どうにも通じないらしい。

揃ってため息をついた。

「……とりあえず、始めようか?」

「そうだな……」

俺たちはカメラを極力意識せず、ゆっくりとしたペースで演奏を始めた。

俺の速度に愛梨が合わせる形だ。

「あっ……すまん」

「気にしないで」

俺が幾度かミスをすることはあったが……

しかし何とか、最後まで演奏することができた。

「じゃあ、次行こうか。……これとかどう?」

「いや、さすがに難易度が……」

「でも、一颯君、好きだったじゃん。この曲」

「そうだっけ?　どちらにせよ、昔の話だよ」

俺の意見を無視し、愛梨は伴奏を始めてしまった。

俺も仕方がなく、弾き始める。

途中から愛梨がメロディーに合わせて歌を口ずさみ始めた。

俺もそれに釣られて歌う。

「ふぅ……」

「……はぁ」

演奏を終え、俺たちは大きく深呼吸をした。

意外と体力を使った。

……不思議と悪くない気分だ。

昔はあんなに嫌いだったのに。

「久しぶりに弾くのも……悪くないな」

「それは良かったわ。それにしても懐かしい……ふふ」

愛梨は小さく笑う。

「一颯君、昔、ピアノ行くのが嫌だっていつも大泣きしてたよね」

「昔の話を掘り返すのはやめろ」

黒歴史を掘り返され、俺は低い声でそう言った。

当時は本当に嫌だったので、恥も外聞も捨てて、必死に抵抗していたのだ。

「それであーちゃんと一緒なら行くって大泣きして……それで私も始めたんだよね。……覚えてるでしょ？」

「覚えてない。嘘《うそ》をつくな」

「しらばっくれちゃって」

ニヤニヤと笑みを浮かべながら愛梨は肘で俺を軽く突《つつ》いた。

自然と顔が熱くなる。

言われてみればそんなことがあったような気がする。

しかし愛梨が言うように大泣きしたような記憶はない。

それに言われっぱなしというのも癪《しゃく》だ。

「そう言えば俺が空手を始めた時……お前、一緒に受けたいって駄々を捏《こ》ねたよな？」

「……何それ」

「いーくんと一緒がいい!!　って、親御さんに半泣きで頼んでたじゃないか」

俺が空手を始めたのは小学生の頃だ。

愛梨の家で遊んでいる時、空手が始まる時間だからと俺が帰ろうとすると、愛梨がまだ遊び足りないと我儘を言ったのだ。

そして俺と一緒に行きたいと、両親に駄々を捏ねた。

結局、少し遅れて愛梨も始めたのだ。

「嘘つかないでよ。そんなこと、言ってないし」

そう言いつつも愛梨の耳は少し赤らんでいる。

思い出したらしい。

「いつも俺の後追いしてるよな。……そんなにいーくんと一緒がいいのか？」

「あーちゃんと一緒じゃないと嫌だって、大泣きするから仕方がなく……ね？」

……相変わらず、素直じゃないやつだ。

俺は愛梨を睨《にら》みつけた。

すると愛梨も睨み返してきた。

……生意気な。

「今日もピアノを一緒に弾こうと言い出したのは、お前だったはずだが？」

「一緒じゃないと弾かないくせに。……そういうこと言うなら、今度から一緒に学校行ってあげないわよ？」

「勘違いするな。俺は一緒に行ってやってるんだ。登下校、どちらもな」

「バーカ！」

「アホ！」

俺は口喧嘩を続けるが……しかし途中で口を噤《つぐ》んだ。

俺の母がニコニコしながら、カメラを回していることに気付いたからだ。

俺たちが言い争いをやめると、母は残念そうな表情を浮かべた。

「あら……？　やめてしまうの？　一颯？　愛梨ちゃん？」

こ、この人は本当に……！

俺は手を伸ばし、強引にカメラを遮《さえぎ》った。

「やめろ、母さん！　撮るな!!」

「ええー、いいじゃない。こういうのもいつかは思い出になる物よ？」

「思い出にしたくないので、消してください！」

「いやよ、いや！　せっかく、撮影したんだもの」

俺と愛梨は抗議の声を上げるが、しかし母は意に介さない。

絶対に消したりしないと言わんばかりに、カメラを胸に抱えてしまう。

「もういい……」

「……いいです」

俺たちは揃ってため息をついた。

すると母は満面の笑みを浮かべて、再びカメラを向けてきた。

「そう言えば……さっきの習い事の話だけど。もしかしたら、ビデオに残っているかもしれないわよ？　確認してみる？　……どちらが正しいか」

そしてそんな提案をしてきた。

「むっ……」

「それは……」

途中で話が逸れてしまったが、元々は「言った」「言ってない」で争っていたのだ。

映像があればどちらが嘘をついているか、はっきりする。

「そうだな。確認してみるか」

「そうね。白黒はっきりつけましょうか」

　こうして俺たちは過去のビデオを確認することになり……

『ほら、もう時間よ？　このままだと遅刻しちゃうわよ？　ほら、行きましょう？　後でアイス買ってあげるから……』

『いやいやいや‼　いぎだぐないぃ‼　ぜっだい、いがないー‼　びやのぎらいぃ‼』

『は、離れなさい……一颯！　……いい加減にしなさい！』

『いやーっ‼』

『こ、この……どこからこんな力が……ほら、あなた！　笑って撮ってないで、説得して‼』

『一颯、どうして行きたくないんだ？』

『だって……あーぢゃんはいってないもん‼』

『あーちゃん……愛梨ちゃんが？』

『あーちゃんはいがなくていいのに、なんでぼぐだけ、いがなぃど、いけないの？　づるい、づるい‼　いやだー‼』

『それはあーちゃんは習ってないし……そ、そうだ！　じゃあ……あーちゃんと一緒なら、行く？』

『……ぐずぅ、いぐっ……』

『そうと決まれば神代《かみしろ》さんに連絡だな……』

『いやーぁ‼　もっと遊びたい‼　もっと、いー君と遊ぶの‼　いー君と一緒がいい‼』

『こらこら……いー君はこれから習い事なのよ？　我儘《わがまま》言わないの。ほら、いー君も困ってるでしょ？』

『いやっ！　もっと、もっと遊びたい‼』

『愛梨！　我儘言わないの‼』

『ぐずぅ……だって……』

『これからいー君は空手に行くの。……ほら、一緒にお見送りに行きましょう？』

『いやぁ……』

『だから……！』

『わだじもいぐっ！』

『……えぇ？』

『わだじもからて……？　行く！　ねぇ、いいでしょ？　ママ！　いー君が行ってるんだもん、わたしも行っていいよね？』

『そ、それは……でも愛梨は女の子だし、空手なんて、そんないきなり……』
『いく、いくもん!!　ねぇ、パパ。いいでしょう?』
『……どうしましょう?』
『いいんじゃないか?　珍しく、愛梨が行きたいって行ってるんだし』
『そ、そう?　……そうね。とりあえず、風見《かざみ》さんに連絡かしらね』
俺《おれ》たちは揃《そろ》って大恥を掻《か》いた。

幕間

ある日。

一颯《いぶき》と愛梨《あいり》は同じベッドの中で並んで寝ていた。

「可愛《かわい》いわねぇ、二人とも」

「手まで握って……仲がいいなぁ」

二人の若い男女はカメラを構えながらそれを見守る。

「もしかして将来……結婚したりして？」

「そうなったら愛梨ちゃんは俺たちの娘ということにもなるなぁ」

そんなやり取りをしていると……

パチっと、愛梨が目を見開いた。

「……んぁ、んっぎゃぁぎゃぁぎゃぁ!!」

大きな声で泣き始めた。

小さな手足を上下に動かし、そして隣で寝息を立てていた一颯の体をバシバシと叩《たた》く。

「んっぐ、ぎゃぁぎゃぁぎゃぁ!!」

そして一颯も揃って泣き始めた。

「……あら、一颯、泣かされちゃって……男の子なのに……大丈夫かしら？　この子」

「赤ちゃんなんてこんなものじゃないか？」


ある日。

一颯と愛梨はそれぞれ玩具《おもちゃ》で遊んでいた。

最初は自分の玩具――愛梨は人形、一颯は玩具の電車――で遊んでいた二人だが……

「ぶっぶー！　ぶっぶー！」

愛梨が一颯の玩具の電車に、人形を乗せて遊び始めた。

一颯は少しだけ、戸惑った表情をする。

何かを言いたそうで、しかしどう言えばそれを表現できるのか分からない。

そんな顔だ。

「……」

とはいえ、玩具の電車は一つではない。

一颯は別の電車を線路の上で走らせようとして……

「じゃま！」

バシっと愛梨に跳ね除けられてしまう。

気が付くと愛梨は一颯の玩具（線路）を完全に乗っ取っていた。

「……ぐずぅ」

一颯は線路で遊ぶ愛梨をじっと見つめる。

そしてしばらく戸惑った末に、愛梨に話しかける。

「あーちゃん、かして」

頑張ってその一言を口にする。

すると……

「ヤッ！　あいりの!!」

拒絶されてしまう。

これにはさすがに一颯もムッとした表情を浮かべる。

何となく、愛梨の言い分が間違っていると感じたからだ。

「うぅー!!」

声を上げ、一颯は自分の玩具を奪還しようとする。

玩具を掴《つか》み、強引《ごういん》にそれを引っ張る。

「だめっ!!」

愛梨も負けじと引っ張る。

そして気付けば揉《も》み合《あ》いになり、そして……

「えいっ、えいっ!!」

バシバシと愛梨が玩具で一颯を叩く。

叩かれたショックと痛みにより、一颯の目から涙が溢《あふ》れる。

「うわぁーん!! あーちゃんがぶっだぁ!!」

大声で号泣する。

そして一颯が泣いたことに驚いたのか、愛梨はビクっと体を震わせる。

「うぇーん!!」

愛梨も泣き始める。

少ししてドタバタと、大人が駆け寄る音がする。

それぞれの母親が自分の子供を抱き上げる。

「ほら、一颯、泣かないの……男の子でしょ?」

「よしよし、愛梨……どうしたの?」

何とかして泣き止《や》ませようとする。

少しして一颯が愛梨を指さす。

「あーちゃんがぶっだぁ!」

愛梨を糾弾する。

何となく、自分が悪者にされそうな雰囲気を感じ取った愛梨は首を左右に降った。

「いーくん、おもちゃ、とるもん！」

「だからって、ぶっちゃだめでしょ？　愛梨。ほら、ごめんねしなさい」

「……ごめんね」

ぐすっと不服そうな表情で愛梨は一颯に謝る。

「ほら、一颯も。あやまって」

「……ごめんね」

一颯も不服そうに謝る。

それから一颯の母親は一颯に言う。

「さあ……愛梨ちゃんに玩具貸してって。言えるでしょ？」

「……おもちゃかして」

一颯は愛梨が手に抱える玩具（自分の物）に対してそう言った。

すると愛梨は少し迷った表情を浮かべ……

「やっ！」

「ぐすぅ……」

愛梨に拒絶され、一颯は再び泣き始める。

「こら、愛梨！　貸してあげなさい……って、そもそも、それ一颯君のじゃない！」

「あら、本当……」

「ほら、一颯君に返して……」

「やーやー！　あいりの！　あいりのだもん!!」

「うぇーん!!　あーちゃんがとったぁ!!!!」

今日も平和な一日だった。


ある日。

一颯と愛梨は二人でブロックを使い、遊んでいた。

一颯はブロックを使い、車や建物などを――無茶苦茶な造形だが本人は大真面目《まじめ》で作っていた。

愛梨も同様に遊んでいたが……しかし途中で飽きてしまったらしい。

ブロックを放り出す。

そしてチラっと一颯の方を見る。

「いーくん、おままごとしよ？」

「うーん……いやっ！」

今、いいところだから邪魔するな。

と言わんばかりに一颯は愛梨の提案を拒絶する。

愛梨はムッとした表情を浮かべる。

そしてしばらく考え込んだ様子を見せてから……

「ギャオーン！」

そんな声を上げながら、一颯の作った製作物を足で踏み潰《つぶ》した。

一颯は呆気《あっけ》に取られた表情を浮かべる。

それでもめげずに一颯は作り続けるが、しかし愛梨はそれを片っ端から破壊する。

そして最終的に……

「ううぇーん!!」

号泣し始める一颯。

それを尻目《しりめ》に破壊を続ける愛梨。

慌てて駆け付ける大人たち。

「こら！　愛梨！　何やってるの!!」

「かいじゅうごっこ！」

「そうじゃなくて……ダメでしょ！　壊しちゃ！　……ごめんなさい、うちの子が。いつもいつも……」

「いえいえ……ほら、一颯も泣き止んで……全く、気が弱いんだから……」

うぇんうぇんと号泣する一颯。

怒られながらも全く反省の色が見えない、ふてぶてしい表情の愛梨。

……そんな画面に映る、幼き日の俺《おれ》たちを、俺は指さした。

「お前、俺のこと、泣かし過ぎじゃないか？　酷過ぎだろ」

そして隣に座る、かつて俺を散々に泣かしてくれた幼馴染にそう言ってやった。

すると幼馴染……愛梨は、画面に映っている顔と同じようなふてぶてしい、生意気な表情で肩を竦めた。

「いやぁ……私も、ほら、当時は若かったからさぁ……」

今日も俺たちは一緒だ。

第七章＊いちゃいちゃ勉強会編＊

とある日曜日の昼下がり。

俺は金髪碧眼《へきがん》の少女と、じっと見つめ合っていた。

俺の視線に少女は恥ずかしそうに、戸惑った表情を浮かべた。

「あ、あのさ……もう、やめない？」

少女は俺を見上げるようにしながらそう言った。

しかし俺は首を左右に大きく振った。

「いいや、ダメだ」

「で、でも……」

「最初にやろうと言い出したのは、お前だ」

そう言うと俺は少女の肩をぐっと、摑《つか》んだ。

少女が僅《わず》かに表情を歪《ゆが》め、怯《おび》えた表情を浮かべた。

「口を開けろ」

「い、いや、で、でも……」

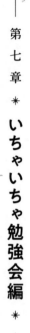

僅かに赤らんだ表情で、少女は言った。

恥ずかしそうに俺から目を逸らそうとする。

しかし俺は真《ま》っ直《す》ぐ、少女の顎《あご》を軽く摑んだ。

「早く開け」

急かすように言った。

そして……

「咥《くわ》えろ」

強引《ごういん》に〝それ〟を口の中に入れた。

※

時は少し遡《さかのぼ》る。

「ねぇねぇ、これ、解答見てもよく分からないんだけど……」

「あぁ、そこは……」

愛梨《あいり》の自室にて、俺たちは机に向かい合って座っていた。

テーブルの上には参考書が広がっている。

今は三日後に控えている定期考査のための試験勉強中だ。

「あぁ……なるほど」

俺が解き方を軽く解説すると、愛梨はすぐに納得した表情を浮かべた。

「分かったか？」

俺の問いに愛梨は頷《うなず》く。

「うん、多分。……分からなかったらもう一度、聞いてもいい？」

「いいよ」

俺は自分の勉強を再開する。

もっとも主要科目──大学受験に必要な科目については、日頃からコツコツと勉強をしているため、今更勉強することはあまりない。

だから家庭科や保健体育など、普段はあまり勉強しない科目を重点的に脳味噌《のうみそ》に叩《たた》き込《こ》む。

主要科目以外は試験さえ乗り越えられれば、あとは忘れても問題ない。

「あ、できた。……やっぱり、持つべきものは頭の良い幼馴染《おさななじみ》だねぇ」

しばらく勉強を進めていると、愛梨は俺に向かって嬉《うれ》しそうに笑った。

「……役に立てたのなら結構だが」

ニコニコと上機嫌な愛梨に対し、俺は曖昧《あいまい》に頷いた。

〝頭の良い〟と褒《ほ》められることは決して嬉しくないわけではないし、自分でもそれなりに成績は良い方ではあると自負している。

しかし褒められたからといって素直に「まあな」などと肯定できるほど、俺はナルシストでもない。

……こういう素直な賛辞は対応に困る。

「ところでさ」

「うん？」

「一颯《いぶき》君、さっきから保健体育の教科書を随分と熱心に読んでるけど……そんなにえっちなことに興味あるの？」

「保健体育でえっちとか、頭中学生か、お前」

高校生にもなって、中学生のノリを引き摺《ず》る愛梨に俺は思わず呆《あき》れ声をあげた。

俺も愛梨も同い年で、誕生日も同じはずなんだが……

「えー、だって、他に勉強することないの？」

「俺は日頃からコツコツやっているんだ」

お前と違って。

と、言外にそう言うと愛梨は感心した様子で頷いた。

「一颯君って、そこそこ真面目《まじめ》だよね」

……素直に褒められると、どうしても照れてしまう。

俺は思わず頬《ほお》を掻《か》いた。

「……長時間勉強しているというわけではないけどな」

一日に何時間も勉強をしているわけではない。

ノートを読み返し、参考書の問題を少し解き、予習のために教科書を少し読む程度だ。

俺のそんな謙遜《けんそん》に愛梨は大きく首を左右に振った。

「ゼロ時間の私よりは全然多いじゃん。一颯君、多分、そこそこ勉強している方でしょ」

なお、俺たちが通う高校は基本的に課題は出されない。

なので、愛梨のように一日の勉強時間がゼロ時間というのは珍しくない。

というよりはむしろ普通だ。

……さすがにテスト前にゼロ時間は珍しくなるだろうが。

「はぁー、勉強嫌い……」

愛梨はそんなことを言うと、カーペットの上でゴロゴロと横になり始めた。

すでに勉強に飽きてしまったらしい。

……ちなみにまだ二時間も経《た》っていない。

「あと三日だ……もう少し頑張れ」

「うーん……正直、今度の定期考査よりも……前にやった、校外模試の結果の方が気になるかな……結果が出るの、そろそろだよね？」

　気が付けば俺たちは高校二年生。

　季節は秋で……そろそろ、大学受験が気になってくる、否、気にしなければいけなくなってくる時期だ。

「あぁー、考えたら余計に気になってきちゃった。……あれ、数学の難易度高かったよね？」

「またその話か」

「だって……」

「高かったよ。お前ができてない分、みんなもできてないなら、偏差値は変わらないだろ。安心しろ」

　俺は内心で呆れながらも、愛梨を慰める。

　もうすでにこのやりとりは何度も繰り返してきた。

「まあ、以前にできなかった問題は、次は解けるようにしておくんだな」

「うわ、優等生の言葉だ。知ってるかしら？　私みたいに、それができないのが多数派なのよ？」

「……開き直るなよ」

　俺はため息をついてから、自分の勉強に戻ることにした。

　勉強をするもしないも、それは幼馴染の勝手だ。

一方の愛梨はカーペットの上をゴロゴロとしながら、「やる気出ない……」などと言い続ける。

その度に構って欲しそうにチラチラと俺の方を見てくるが……

ここで反応していると、いつまで経っても勉強ができないので、あえて無視する。

「……」

ゴロゴロするのにも飽きたらしい愛梨はおもむろに起き上がると……

「貸して」

「……いいけど」

おもむろに俺の携帯を手に取った。

そして当たり前のようにパスワードを（パスワードは誕生日。俺も愛梨も同じ日だ）解除し、弄《いじ》り始める。

さすがに自分の携帯を見られたら、俺も気になってしまう。

「人の携帯で何をしているんだ？」

俺の問いに、ようやく構ってくれたことが嬉しいのか……

愛梨は笑みを浮かべた。

「履歴見てるの。人に見られて困る物でも検索してないかなと」

「少なくとも、お前が気軽に確認できるようなところにはない」

俺の言葉に愛梨は鬼の首を取ったように、にんまりとした笑みを浮かべた。

「へぇー、ということは私に見られると困るような内容の物があったりするの？」

要するに俺がエロい画像や動画を見ている証拠を掴み、からかいたいのだろう。

そんな脳味噌中学生に対し、俺は逆に尋ねた。

「お前に見られて困るような内容ってのは、どういう内容だ？」

思わぬ反撃にたじろいだのか、愛梨は視線を逸らした。

「そ、それは……」

「何だ？」

口籠《ごも》る愛梨を俺が問い詰めると……

「幼馴染モノ、とか……？」

頬を少し赤く染めながらそう言った。

それから失言に気が付いたのか、慌てて顔の前で両手を振った。

「い、いや……困るというのは、あくまで対応に困るという意味だけどね？」

「対応ねぇー」

「そうそう。……私にとっては、幼馴染は恋愛対象じゃないからね。一颯君なんか、好きになったりするわけないし」

〝なんか〟？

するわけない？

……その言い方は少し失礼だろ。

「……安心しろ。俺もお前を好きになることはあり得ない」

愛梨のあまりの言い方に苛立《いらだ》ちを覚えた俺は、そう言い返した。

すると愛梨はムッとした表情を浮かべた後、フッと小さく鼻で笑った。

「……どうだか。一颯君は照れ屋だしなぁー、私にくっつかれると、照れちゃうシャイボーイだし。……本当は意識してるんじゃない？」

愛梨の言葉に、俺も鼻を鳴らした。

「まさか。そういうお前は……前、壁ドンした時に散々恥ずかしがってたように見えたが？」

俺が睨《にら》むと、愛梨も負けじと睨み返してきた。

雰囲気が険悪になるのを感じる。

「別に恥ずかしがってないし。また、同じ話を蒸し返すの？　前、反省したよね？」

「それとこれとは話が別だ。俺は事実の指摘をしている」

「それが事実じゃないって言ってるの。……そもそも、あの時、キスしたいって言い出したのは一颯君だし」

「あれは冗談だと言ったはずだが？」

「えー、本当かな？　実はあわよくば、しようと思ってたんじゃない？　一颯君、ムッツリスケベだしー」

「それはお前だろう？　変態」

「うるさい、痴漢！」

「黙れ、痴女」

「陰キャ童貞！」

「お前だって処女だろ。万年拗《こじ》らせてろ」

愛梨の煽りに対し、俺は負けじと煽り返す。

が、しかし途中でこれを繰り返してもひたすら不毛で、疲れるだけだと気付く。

「……前と同じ轍《てつ》を踏むのは、やめましょう」

愛梨も同じことを思ったらしい。

俺も同意するように頷いた。

「そうだな。言い合いは不毛だし、真実は動かない」

「それはこっちの台詞だけど？」

再び言い争いが始まりそうになる。

しかしこれでは同じことを繰り返すだけで、進歩がない。

「いや、止めよう。言葉じゃ決着が付かない」

俺は強引に口論を打ち切った。

愛梨も頷く。

「なら、別の手段で決着を付けましょうか？」

「それはいい考えだ。……何か、方法はあるのか？」

自分から言ったのだから、良いアイデアがあるのだろう。

そう思った俺は愛梨に尋ねた。

すると愛梨は少し驚いた表情を浮かべた。

「あら？　私が決めて良いの？」

「お前に負けるつもりはない」

どんな勝負であろうと、賭《か》け事《ごと》であろうと、勝つのは俺だ。

俺がそう返すと、愛梨はニヤリと笑みを浮かべた。

「あら、そう？　吠《ほ》え面掻《か》かなきゃいいけどね？」

そしてテーブルの上の皿に盛られた棒状のお菓子を、指で摘まんだ。

「一颯君、これ、知ってる？」

「ポッキーだろ？」

棒状の焼き菓子の上に、チョコがコーティングされたお菓子だ。

知らない人はあまりいないだろう。

「そうそう。このポッキーを使った……古よりも伝わるゲーム、知ってる？」

「ゲーム？　……いや、まさか」

ニヤっと愛梨は笑い、そして言った。

「ポッキーゲーム、これで決着をつけましょう」

※

ポッキーゲームとは。

二人の人間がポッキー（棒状の細長いお菓子ならば何でもよい）の両端を口で咥え、少しずつ食べ進めていくというゲームである。

一般的には耐えかねて先に口を離した方が負けとなる。

要するに〝チキンレース〟の一種だ。

「……ふむ」

愛梨の提案に俺は少しだけドキッとした。

また、キスすることになるのではないかと思ったからだ。

それは恐怖か、緊張か、それとも……

「まあ、怖いならやらなくてもいいけど？」

俺の一瞬の躊躇《ちゅうちょ》を見抜いたのか、愛梨はニヤリと生意気そうな笑みを浮かべた。

こんな言い方をされたら、引くわけにはいかなくなる。

俺は腹を括《くく》った。

「まさか、やろう。受けて立つ」

「そ、そう……じゃあ、やりましょうか」

すると愛梨は……やはり俺が引くと思っていたらしい。

僅かに動揺を見せた。

「その前に一つ、ルール確認をいいか？」

そんな愛梨をさらに揺さぶるために、そしてまた勝利条件の確定のため、俺は愛梨にそう問いかけた。

愛梨は緊張した様子で小さく頷いた。

「……なに？」

「どちらも口を離さなかったら、どうする？」

「……え？」

つまり互いに譲らず、接吻《せっぷん》をすることになってしまった場合、勝敗はどう決めるのか？

それとも引き分けなのか？

俺が確認したいルールはそこだった。

ついでに……どちらも譲らなかったらお互いにキスすることになるが、お前はそれを当然覚悟しているんだろうなと、確かめる。

「それは……えっと、か、考えてなかったわ」

「そうか。じゃあ、たくさん食べた方が勝ちにしよう。同時に口を離した時も同様で」

俺の勝ちだ。

愛梨は互いがキスをすることを考慮に入れていなかった。

もちろん、負けることも考えていなかった。

つまり……俺が耐えきれずに、途中で離れてくれることを期待しているのだ。

そして俺は絶対に退く気はない。

不退転の覚悟を決めている。

……きっと、先に折れるのは愛梨だ。

「……まあ、いいわ。それで行きましょう」

愛梨は仄《ほの》かに赤らんだ顔で頷くと、ポッキーを口に咥えた。

俺は慎重にポッキーの反対側を咥える。

互いに向き合い、目と目が合う。

「……」

「……」

愛梨の可憐な容姿、綺麗《きれい》な瞳《ひとみ》、官能的な唇が、お菓子一本分の距離にまで迫る。

気が付くと俺の心臓は激しく鼓動していた。

思っていたよりも、緊張してしまう。

だが動揺している暇はない。しっかりと愛梨よりも早く、たくさん食べて勝たなければ……

そう自分に言い聞かせたその時。

愛梨は突然、ギュッと目を瞑《つむ》り……勢いよく食べ始めた。

不意打ちだ。

反則だと言いたくなったが、そうこうしているうちにお菓子はどんどん量を減らしていく。

俺は慌てて食べ始める。

そして俺たちは寸前のところで、互いに唇を離した。

「はぁ、はぁ……」

「ふぅ……」

息を整え終えると……愛梨はニヤリと得意気な笑みを浮かべた。

「私の勝ちだわ」

そう言って勝ち誇った。

唇を離したのは同時だったが、愛梨の方が明らかに食べた量は多かった。

確かにルール上は愛梨の勝ちだが、しかし俺は素直に納得できない。

「待て、異議がある。今のはフライングだ」

スタートの合図も待たず、勝手に始めたのは明らかに反則だ。

俺はそう主張したが……

「フライング？　よーいドンで始めるなんて言ったたっけ？　咥えた時が始まりに決まってるじゃない」

愛梨の言葉に俺は思わず言葉を詰まらせた。

確かにその辺りについては決めていなかった。

だが言いたいことはもう一つある。

「目を瞑っているのも反則だろ」

「後付けじゃん、言い訳しないでよ」

……後付けだし、苦し紛れなのはその通りだ。

しかし俺は自分が負けたことに納得できていなかった。

どうすれば、愛梨をもう一度土俵の上に上げられるか、俺は考えに考え……

「……ルールが変わったら、勝てないと思っているのか？」

そう挑発した。

すると案の定……

「はぁ？　そんなわけないじゃない」

目を吊《つ》り上げ、挑発に乗ってきた。

俺は思わず笑みを浮かべた。

「なら良いじゃないか。……三回勝負にしよう。今のは愛梨の勝ちにしてやるから」

「えー……」

すると愛梨は不満そうな表情を浮かべた。

愛梨からすればせっかく勝ったのだから、このまま勝ち逃げしたいのだろう。

「……まあ、自信がないならいいけど」

しかし俺がポツリと呟くように言うと、愛梨は途端にムッとした表情を浮かべた。

「いいよ。三回勝負にしてあげる。……まあ、次で勝てば、三回目をする必要もないけどね」

言っておくけど、五回勝負にしようとか、後からまた付け足すのは無しだから。

愛梨は自信満々な表情でそう言った。

単純なやつだ。

俺は内心でほくそ笑みながらも、大きく頷いた。

「勝負の開始は何を目安にする？」

「互いに咥えて三秒は？」

「いいね、そうしよう」

今度はしっかりと始めの合図を決めて、俺と愛梨はポッキーを咥えた。

そして俺は指で、三、二、一と示し……

ゼロを合図に食べた。

勢いよく食べ始めていくと、あっという間に愛梨の顔が、唇が近づいてくる。

このままでは唇と唇が触れてしまう。

だが……すでに後がない俺は、退くわけにはいかない！

俺は迫ってくる愛梨の瞳を、じっと見つめながらさらに勢いを強めた。

「っ……！」

幸いにも互いの唇が触れ合う前に、愛梨が耐えかねて口をポッキーから離した。

それから息を荒げ、体を両手で抱きしめた。

その顔は真っ赤《か》だった。

「俺の勝ちだな」

残りのポッキーを食べながら、俺はニヤっと笑みを浮かべて言った。

互いに目を逸らさず、そしてフライングさえなければ……やはり勝つのは自分だと、俺は確信した。

「い、今のは……」

「反則だと思うなら、好きなルールを付け加えてもいいぞ？」

俺も後からいろいろと付け足したのだ。

愛梨にもその権利を与えるのが公平だろう。

もっとも、どんなルールであろうとも勝つのは俺だが……

「……そう、ね」

俺の言葉に愛梨はしばらく考え込む様子を見せた。

それから上目遣《うわめづか》いでこちらを見上げた。

「あ、あのさ……」

「なんだ」

どんなルールを付け加えるつもりなのか。

内心で俺は身構えたが……

「……もう、やめない？」

そんな愛梨の言葉に俺は拍子抜けした。

どうやら弱気になったらしい。

引き分けのうちに、勝負を取りやめようという魂胆だろう。

「いいや、ダメだ」

しかし俺は次で勝つつもりでいた。

引き分けなんかでは納得できない。

それに……最初に負けたのはどう言い訳しようとも俺で、ルールを変えてようやく勝ったのだ。

それを踏まえれば、引き分けとはいえ、やや愛梨の勝ちとも言える。

勝ち逃げは許せない。

俺が欲しいのは完膚《かんぷ》なきまでの勝利だ。

「で、でも……」

「最初にやろうと言い出したのは、お前だ」

俺はそう言うと、愛梨の肩をギュッと力強く、掴んだ。

愛梨は僅かに表情を歪める。

……痛かったのだろうか？

力を込めすぎてしまったらしい。

俺は少しだけ後悔するが、しかしだからと言って勝負をやめるわけにはいかない。

「口を開けろ」

俺は愛梨の瞳を睨みつけながら、強い口調で命令するようにそう言った。

すると愛梨は戸惑いの表情を浮かべながら、視線を逸らす。

「い、いや、で、でも……」

でもでも、だって。

そんな弱気の言葉ばかりを口にする愛梨の顎を、俺は軽く掴んだ。

そして少し強引に俺の方へ、顔を向ける。

「早く開け」

再度、俺はそう言って愛梨を急かした。

そしてポッキーを手に持ち、命令するように言った。

「咥えろ」

そして愛梨の返答も聞かず、ポッキーを口の中に強引に入れる。

嫌々と言う風に首を横に振り、拒絶しようとした愛梨だが……

「……後悔しても、知らないから」

観念したのか、ポッキーを口に咥え込んだ。

そしてこちらをキッと睨みつける。

……覚悟は十分のようだ。

「勝つのは俺だ」

俺はそう言い返すと、愛梨と視線の高さを合わせて、ポッキーを咥えた。

そして三カウントの後、同時に、勢いよく食べ始めた。

みるみるうちに愛梨の唇との距離が縮まっていく。

そしてそれぞれほぼ中間に差し掛かったところで……

「……」

「……」

ピタっと、唇が触れる寸前で俺は自分の口を止めた。

愛梨もまた、同時に動きを止めた。

このままではキスしてしまうと……考えることは同じだったようだ。

唇同士の距離は一センチもない。

額と額を合わせながら、俺たちは睨み合《あ》う。

愛梨が唇を離すまで俺は待ち続けるが……

しかし愛梨は唇を離そうとしなかった。

かといって、これ以上動き出すこともしなかった。

愛梨もまた、俺が折れるのを待っているようだ。

膠着状態だ。

これではいつまで経っても終わらない。

勝つことができない。

……仕方がない。

俺は覚悟を決めた。

この際、キスに躊躇してしまっていては勝てない。

そもそも一度、すでにキスをしてしまっているのだ。

一回も二回も同じことだ。
それにただ、唇同士が触れるだけ……気にする方がおかしい。
俺は自分で自分にそう言い聞かせながら、再びポッキーを食べ始めた。
すると愛梨もほぼ同時にポッキーを食べ始める。
そして……
ガチャッ！
そんな音がした。
「愛梨、一颯君。勉強の方は進んで……」
男性の声と共に、ドアが開いた。
聞き覚えのある声に、俺たちはほぼ同時に口を離し、そしてドアの方を向いた。
そこには愛梨の父親が立っていた。
「あー……えっと……」
愛梨の父親は気まずそうに頬を掻いた。
それから軽く咳払《せきばら》いをした。
「仲が良いのは、良いことだ。あー、勉強もしっかり、頑張りなさい」
そう言って立ち去った。
気が付くと俺の顔はとてつもなく熱くなっていた。

愛梨もまた、顔が真っ赤に染まっていた。

俺たちは顔を見合わせると……

「勉強、するか」

「……そうね」

勉強を再開した。

※

そして夕方。

「どう？　一颯君。美味《おい》しいかしら？」

「はい、美味しいです」

愛梨の母親の問いに俺は笑みを浮かべて答えた。

俺は神代《かみしろ》家で夕食をご馳走してもらっていた。

大皿には唐揚げが山盛りになっている。

唐揚げは俺の好物……ということになっている。

……厳密には大好きだったのは、小さい頃の話で、今は大好きというほどではない。

だが愛梨の母親にとっては、「一颯君の好物と言えば唐揚げ」になっているのだろう。

そのせいか、俺が神代家で夕食をご馳走してもらう日は、大抵、唐揚げになる。

「ちなみに……どう？　愛梨ちゃんの唐揚げと、私の唐揚げ。どちらの方が好きかしら？」

「えっ、いや……」

俺は思わず、隣で箸を進めている愛梨に視線を向けた。

愛梨は大きなため息をついた。

「お母さん。……一颯君にくだらない質問、しないで」

「あら、ごめんなさい。愚問だったわね。うふふふ……」

愛梨の母親は楽しそうに笑った。

愛梨はこの手の話題になると、冷たく親をあしらう傾向がある。

……反抗期なのだろう。

まあ、俺も似たような物なのであまり人のことは言えないが。

「勉強の方は捗ったかな？　二人とも」

愛梨の父親は俺たちにそう尋ねた。

一瞬、脳裏に昼頃の出来事が過る。

「え、ええ……それなりに進みました。なあ、愛梨？」

「うん……それなりに集中できたと思う」

俺と愛梨は曖昧な笑みを浮かべながら頷いた。

するとと愛梨の父親は満足そうに大きく頷いた。

「そうか、そうか。それは良かった……ところで、一颯君」

「はい」

「君の最近の成績とかは……その……合格判定とかは、どうかな？　差し障りがなければ教えて欲しいのだが……」

少し遠慮がちにそう聞いてきた。

他所の子供に成績を聞くのは良くないと思いながらも、気になって仕方がないのだろう。

愛梨経由で聞いていないのだろうか？　と俺は内心で首を傾げながらも答える。

「特に変わりはありませんが……」

「ほう、そうか。つまり……A判定か。ふむふむ……いや、良かった。良かった」

俺の返答に満足したのか、上機嫌な様子で愛梨の父親は頷いた。

「これからも頑張りなさい」

そう言うと笑みを浮かべたが……しかし不思議と目だけが笑っているようには見えなかった。

「……愛梨のことをくれぐれも、よろしく頼むよ」

そして若干の圧を込めながら、彼はそう言った。

俺は頷くしかなかった。

それから夕食後。

いっそのこと、泊まっていく？　という愛梨の母親の申し出を丁重に断り、俺は帰路につくことにした。

……泊まっていけるはずないだろ。

「お父さんとお母さんがうるさくて……ごめんね？」

玄関先で見送りに来てくれた愛梨はそう謝ってきた。

珍しく申し訳なさそうな表情をしている。

「あぁー、いいよ。その辺りはお互い様だから」

俺は苦笑しながらそう言った。

俺の母親も、割と似たような物だ。

「全く……そんなに一颯君に病院を継いで欲しいのかしらね？　他所の子供に変なプレッシャーを掛けるなんて、どうかと思うのだけれど……」

「ま、まあ……そう、だな……」

「お母さんも下らないことを聞くし……」

愛梨の愚痴は続く。

俺と愛梨の関係に対する親の勘繰りに、日頃から鬱憤《うっぷん》が溜《た》まっている様子だった。

「大体、泊まっていくって……私の部屋で一颯君を寝かせるつもりなの、どうかと思うのだけれど。小学生の時とは違うんだし……」

小学生の頃はお互いの家にお泊まりをすることは、度々あった。

中学生になってからはめっきり減り、そして高校生になった今は一度もない。

……さすがに男女が一つ屋根の下で過ごすのは、いくら幼馴染同士とはいえ、あまり良くないことだと俺たちは認識していた。

「……長くなっちゃったわね」

ブツブツと愚痴を言っていた愛梨だが、ハッとした表情で口に手で触れた。

つまらない話を、愚痴を長々と話してしまい、申し訳ないと思ったのだろう。

「いや、気にしなくていい」

俺は短くそう答えた。

それから愛梨に別れを告げて、歩き出してから……

「あー、そうだ。そう言えば、その……」

ふと、伝え忘れていたことを思い出し、立ち止まった。

「……どうしたの？」

首を傾げる愛梨に対し、俺は頬を掻きながら、つい先ほど思いついたことを口にする。

「……お前の味の方が、俺は好きだよ」

俺の回答に愛梨は大きく目を見開いた。

それから少しだけ頬《ほお》を赤らめ……

「当たり前じゃない。……愚問だわ」

恥ずかしそうにはにかみながら、笑った。

第八章＊真夜中のセカンドキス編＊

深夜。

とある公園のトンネル型の遊具の中で、俺《おれ》たちは身を寄せ合っていた。

俺たちの体は雨に濡《ぬ》れ、冷え切っていた。

しかし触れ合っているところだけが、ほんのりと温かかった。

「ねぇ……一颯《いぶき》君」

愛梨《あいり》の呟くような言葉に、俺は思わず愛梨の方を見た。

愛梨は赤らんだ表情で俺を見上げながら、その蠱惑《こわく》な唇を動かして、言った。

「……キスしていい？」

※

ある日、予備校の休憩室にて……

「はぁー……」

俺の目の前で愛梨が、深いため息をついていた。

テーブルに突っ伏し、やる気のなさそうな表情を浮かべている。

酷く落ち込んでいる様子だ。

「……これ、どうしたんだ?」

友人である葛原蒼汰《くずはらそうた》はそんな愛梨を指さしながら……

俺──風見《かざみ》一颯にそう尋ねた。

「全国模試の結果が悪かったらしい」

「へぇ、道理で……」

なるほどと、葛原は納得した様子で頷《うなず》いた。

もっとも、愛梨が不機嫌な理由はもう一つある。

(例の日だからな)

早朝、一颯は愛梨から事前に告げられていた。

今日は機嫌が悪い日だから、と。

早朝は低血圧も相まって、非常に調子が悪そう──というよりは酷く不機嫌で──言われなくとも察せられるほどだった。

「そんなに悪かったんですか?」

もう一人の友人、葉月陽菜《はづきひな》は俺と愛梨にそう尋ねた。

俺は具体的な愛梨の点数と偏差値については聞いていないため、小さく肩を竦《すく》めた。

「まあ……微妙に下がったなぁーって、感じ？　みんなもできてないと思ったんだけどなぁー。……できてなかったのは、私だけみたいね」

と、愛梨は少し不機嫌そうな声音で俺を見上げながら言った。

言葉にはしていないが、「一颯君、私ができてないなら、みんなできてないはずって言ったよね？　嘘《うそ》つき！」と文句を言いたいらしい。

確かに適当なことを言ったのは事実だが、そもそも愛梨の試験のできなさ具合など分かるはずもない。

予想よりも悪かったからと言って、俺に当たらないで欲しい……

もっとも、それを言えば火に油を注《そそ》ぐことになるため、口にしたりはしないが。

「悪問が多かったからな。それに足元を掬《すく》われたと考えれば、別にそう気落ちするほどでもないだろう。試験は水物だ」

試験の点数や偏差値というのは、その日の体調や問題の質により、多少の幅があるのが普通だ。

今回はたまたま悪いのを引いただけ。

と、俺はあらためて愛梨を慰めるが……

「満点だった人に言われても……」

不機嫌そうな、不服そうな表情でそう言われてしまった。

下手に慰めると余計な怒りを買いそうだと考え、俺は口を噤《つぐ》むことにした。

「と言っても、愛梨さんもそう悪いわけじゃないですよね？」

葉月は愛梨にそう尋ねた。

〝悪かった〟と言ってはいるが、あくまで普段の成績と比較して悪かっただけだ。

そもそも愛梨の成績は特別に悪いわけではない。むしろ良い方だ。

「まあね」

葉月のおだてに少しだけ気をよくしたのか、愛梨の機嫌が僅かに良くなった。

が、しかしすぐに小さくため息をついた。

「でもね、今のところ第一志望の判定がEだから。せめてD判定は欲しいなって思ってたの。……結果は残念ながら、だけどね」

愛梨は肩を竦めた。

愛梨の成績でE判定となると、かなり良いところになるが……どこを志望しているのだろうか？

「まあまあ、E判定はいい判定とも言うじゃないですか」

「むしろ今の時期にD判定なら、志望校上げて良いだろ」

疑問を抱く俺を他所に、葉月と葛原は二人で愛梨を慰めていた。

しかし俺の耳には自分自身を鼓舞しているようにも聞こえた。

……本人たちの判定もおそらくE判定なのだろう。

口ぶり的には、あえてE判定のところを第一志望にしているようだが。

「それもそうだけど……私の知り合いに、第一志望がA判定の人がいてね」

「……今の時期に、ですか？」

「上げればいいのに。チキンなやつだな」

「曰《いわ》く、これ以上、上は存在しないらしくてね？」

そう言いながら愛梨は俺の方へと視線を向けた。

葉月と葛原も揃《そろ》って俺を見て、「あぁ……」と小さく呟いた。

疎外感を覚えた俺は、思わず頬を掻《か》いた。


授業が終わり、俺たちが帰ろうとした時のこと。

「うわっ……雨、降ってるじゃん」

愛梨は空を見上げ、そう呟き……そして俺の方を見た。

俺は持ってきていた折り畳み傘を広げた。

いつ雨が降ってもいいように、折り畳み傘は常に携帯している。

「……何してる？ 早く入れ」

「……ありがとう」

俺の言葉に愛梨はそう言うと、傘の中に入った。

二人で傘を共有しながら、雨の中を帰る。

時折、肩と肩が触れ合う。

「一颯君ってさ……親に見せてる？ 模試の結果」

唐突に愛梨がそんなことを聞いてきた。

さて、どうだっただろうかと俺は首を傾げた。

見せていた気がするが……しかし自分から見せに行ったことはない。

「……聞かれたら見せる、かな？ 隠したりはしないけど」

愛梨の問いに俺はそう答えた。

少なくとも俺にとっては、自分の成績は恥ずかしいものではない。

もっとも、親に見せて自慢したいというわけでもないので、聞かれない限り見せることはなかった。

「ふーん」

「……愛梨は？」

「まあ、別に私も隠したりはしないかな？」

そう言って愛梨は肩を竦めた。
愛梨も別に恥ずかしい成績というわけではないのだ。
ただ、彼女の目標には届いていないというだけで。
と、そんな話をしていると……
「じゃあ、また明日ね」
気が付いたら家の前に着いていた。
自分の家の前で手を振る愛梨に対し、俺は頷《うなず》いた。
「じゃあ、また明日」
扉を開けて、家に入っていく愛梨。
彼女を見送り、俺も家に入ろうとして……
（……そう言えば、愛梨の第一志望ってどこだ？）
今度、機嫌が良さそうな時に聞いてみようと俺は思った。

※

「……ただいま」
「お帰りなさい、一颯」

俺が帰宅すると、そこでは母が待ち構えていた。

思わず俺は苦笑した。

俺の両親の教育方針は、現在は基本的に放任主義だ。

門限はないし、息子の帰りを待ち構えるようなこともしない。

では、なぜ待ち構えていたのか。答えは一つだろう。

「全国模試、今日だったよね？」

「……後で返してね」

俺はそう言うと模試結果が書かれた紙を、母に手渡した。

熱心に結果に目を通す母親を尻目《しりめ》に、俺は洗面台で手洗いうがいをする。

リビングに戻ってきた時、すでに母はコピーを取った後だった。

「前よりも一・五も上がってたじゃない！」

「……そうだっけ？」

母から原本を受け取りながら、首を傾げた。

何か月も前の模試結果、それも偏差値の細かい数値など覚えていない。

大幅に上がっていたり下がっていたりすればさすがに気付くが……一とか二くらいの変化となると、以前との差は分からない。

「そうよ。数学が伸びてたわ。頑張ったの？」

「悪問が多かったから、他が落ちたんじゃないかな?」

他の人が解けなかった分、俺が解けただけだ。

数学は得意科目だが、今回の試験に対して特別に熱を入れたつもりはないし、よくできたとも思っていない。

試験は水物だから、多少の上下の振れ幅はあるだろうと俺は認識していた。

そして多少、下にブレたとしても支障はないとも考えていた。

俺にはその程度の自信があった。

「そうだったの?　でも……」

「話は夕飯の後じゃ、ダメかな?」

すでに時刻は八時を過ぎている。

予備校では授業前に軽食を挟んだ程度ということもあり、それなりに空腹だった。

「そうね。……ちなみに今日、何だと思う?」

母にそう聞かれ、俺はキッチンから漂う匂《にお》いに意識を傾けた。

醤油《しょうゆ》と香辛料の香りがする。

「……唐揚げ?」

「正解!」

母は嬉《うれ》しそうに言った。

それから俺は母から温め直した夕食を受け取り、それを自室に持ち運んだ。

一人で黙々と食事をしていると……

ドタドタと、激しく階段を踏み鳴らす音がした。

「一颯！」

「……何だよ、母さん」

母はノックもせずに部屋に上がり込んできた。

ノックくらいしろ……などと親に向かっては言えないが、いきなり部屋に入られるのは驚くし、いい気分にはならない。

しかしそんな俺に対し、母は焦《あせ》った表情で問いかけて来た。

「愛梨ちゃん、家出したって……場所に心当たり、ある⁉」

俺は思わず箸を落とした。

※

一颯君と別れた後、私は両親と共にテーブルを囲み、夕食を食べていた。

「愛梨、最近、一颯君とはどう……？」

「またその話？」

食事が始まるのと同時に始まった、恒例の母親の問いに私は思わず眉《まゆ》を顰めた。

そんなに私と一颯君の関係が、一颯君のことが気になるのか。

さすがに鬱陶《うっとう》しい。

「だって、ほら。二人とも……最近、二人で出かけるとか、そういう話も聞いてないし」

「最近、プールに行ったばかりじゃない。……確かに回数は減ったけど、それはお互い忙しかったからよ」

例年であれば、私も一颯君も夏季休暇は二人で海水浴や夏祭りなどに出かけていた。

しかし今年はそれがなかった。

一颯君がカナダに短期留学に行ってしまったからだ。

その後は校外模試があったりして、二人で遊びに行く時間がなかった。

だから……来年の夏休みは二人でどこか、遊びに行きたい。

受験期と重なってしまうけれど、高校生最後の夏季休暇だ。

一颯君はきっと私と違う大学に進学するだろうから、それを考慮に入れれば二人で過ごす唯一の夏季休暇ということになるかもしれない。

……夏休みだけじゃないか。

大学に進学して、それぞれ違う場所で一人暮らしを始めて、物理的に距離が離れてしまったら……今の関係もきっと変わってしまうだろう。

だからこそ、今のうちに思い出を作りたい。

「……まあ、直近では特に試験もないし。近いうちに一緒に遊ぶかもね」

私がそう答えると、母は納得した様子で頷いた。

やはり、私と一颯君が付き合っていると、ママは思っているようだ。

私が大学で彼氏でも作ったらどう思うのだろうか？

……いや、できるか分からないけど。

「試験と言えば……」

パパが口を開いた。

一瞬だけ、ドキッと心臓が跳ねた。

「前の定期考査の結果は、どうだった？」

定期考査。

つまり校外模試ではなく、直近の校内模試の方だ。

私はホッと内心で胸を撫《な》で下ろした。

そっちの結果は校外模試と異なり、そこそこ良かった。

「え？　あぁ……前のね……悪くはなかったよ。順位も少し上がってたかな？」

私がそう答えると、パパはなるほどと頷いた。

「それは良かった。……一颯君は？」

「……総合一位だったよ。……科目別までは覚えてないけど」

娘よりも、隣の家の子供の成績が気になるのか？

私はモヤっとしながらもそう答えた。

「そうか、そうか。……一颯君には、是非とも合格して、病院を継いで欲しいな」

ふーん、一颯君に、ね。

「……一颯君なら、お父さんの病院よりも、もっといい就職先がありそうだけどね」

一颯君もどうせなら、こんな田舎の小さな病院よりも、都会の大きなところで働きたいだろう。

わざわざパパの病院を継いでくれるとは思えない。

一颯君に期待しても無駄だ。

私のそんな皮肉に対し、パパは苦笑した。

「そこは……ほら、愛梨が頑張って、一颯君を引き留めて……」

……意味が分からない。

モヤモヤとした感情が胸の奥から湧《わ》き上がってくる。

私はそれを吐き出すように、大きなため息をついた。

「愛梨、どうしたの？　もしかして、体調が……」

「そんなに一颯君に継いで欲しいならさ」

私はママの言葉を遮《さえぎ》った。

一度、漏《も》れ出た感情は止まらなかった。

「一颯君を養子にでもすれば？」

私は苛立ちを覚えながら立ち上がり、ダイニングを出る。

すると慌てた様子でパパとママは私を追いかけてきた。

「……愛梨？」

「どうしたんだ、急に……」

「うるさい！」

私は大声で怒鳴ると……

感情に身を任せ、玄関のドアを開けて、そのまま飛び出した。

冷たい雨が体を打ち、あっという間に制服が水に濡れる。

体が冷え込み出し、同時に頭が冷静になっていく。

家を飛び出して……どこに行く？

そもそも何のために家を出る？

そんな疑問が脳裏を駆け巡るが……しかし雨に怯《ひる》んですぐに家の中に戻るのは、少しだけ決まりが悪い。

私は来た道を振り向いた。

パパとママが追いかけてくれているのではないか。

そんな期待を抱いたが、しかしパパもママもいなかった。

……どうせすぐに帰って来ると思っているのだろう。

外は雨が降っているし、それに私は暗いのが苦手だから。

しかしパパとママの予想通り、家にすぐに帰るのはあまりにも惨めだ。

「……今晩は帰らないから！」

誰《だれ》に聞かれたわけでもないのに、私はそう叫んだ。


それからしばらくして……

「……お金くらい、持ってくれれば良かった」

私は徒歩五分くらいの公園にある、トンネル型の遊具の中で、うずくまっていた。

早速、私は家出をしたことを後悔し始めた。

財布か携帯でもあれば、電車で街まで行って、カラオケか何かで時間を潰《つぶ》せたかもしれない。

そんなタラればを考え、小さくため息をついた。

夕食も殆《ほとん》ど食べていなかったため、お腹《なか》が空いていた。

そして何より……

「さむっ……」

私は小さく体を丸めた。

体はすっかり冷え切っていて、泣いてしまいそうなくらい寒かった。

……それでも私は帰るつもりはなかった。

「……パパが悪い。ママも悪い」

何度も何度も、私はそう呟く。

確かに私の幼馴染様は……一颯君は優秀だ。

私よりもずっと頭がいいし、何より努力家だ。

怠け者の私よりも、彼に期待するのは、当然のことかもしれない。

「……道理が通らないでしょ」

隣の家の子供より、まずは自分の娘に期待するのが道理のはずだ。

私はずっと、そう不満に思っていた。

ずっと、ずっと……前から。

「私だって、同じ学部……第一志望にしてるのに……」

「やっぱり、ここにいたか」

声が聞こえた。

外を見ると、そこには見知った幼馴染……風見一颯が立っていた。

息を切らしている。

傘を差しているにも関《かか》わらず、肩が濡れている。

雨の中、走ってきたのだろう。

「家出するなら、もっと遠くにしろよ」

呆《あき》れたような、安心したような声音で一颯君はそう言った。

それから右手を差し出してくれた。

「ほら、帰るぞ」

「……やめて」

私はその手を強く払いのけた。

……本当はその手を取りたかった。

でも、プライドが邪魔をした。

幼馴染に連れられて、家に帰るなんて……そんな情けない真似、したくなかった。

「今晩は帰らないから」

私がそう宣言すると、一颯君は呆《あき》れ顔を浮かべた。

「バカ言うなよ。つまらない意地を張ってないで……」

「バカ？　つまらない？」

私は頭に血が上るのを感じた。

「ああ、そうよね。あなたにとっては……そうなのかもね」

バカで、つまらない話だろう。

彼にとっては。

自分よりも頭の良い、幼馴染様にとっては……

きっと私は、幼稚で間抜けに見えるのだろう。

「……愛梨？」

「嫌い」

自然と私の口から低い声が出た。

私の言葉に一颯君は怪訝《けげん》そうな表情を浮かべた。

何を言っているんだ、こいつは。

そんな顔だ。

私は増々、腹が立った。

「嫌い。大っ嫌い」

私はあらためて、そう言った。

はっきりと。

冗談ではないと。

本気で言っているのだと。

そう示すように。

「いつも私を見下して。いつもいつも、私の上にいて。前にいて。あなたがいると、息が詰まるの」

私の言葉に一颯君の目が動揺で揺れ動いた。

そんな一颯君の反応に、私は少しだけいい気分になった。

その気分に、快楽に身を任せ……

私は言った。

言ってやった。


「私の人生から消えて」

※

私は……神代《かみしろ》愛梨は風見一颯が嫌いだ。

もちろん、最初から嫌いだったわけじゃない。

昔は〝好き〟だった。

いつも、ずっと一緒にいたいと思っていた。

私にとって、一颯君は弟のような存在だった。
子分と言い換えてもいい。
一颯君は昔は引っ込み思案で、臆病な性格だった。
初対面の人には怯えて、人の輪に入れないような子だった。
だからいつも、私が一颯君の手を引いてあげていた。
初めて幼稚園に行く時も、小学校に行く時も。
泣いてばかりの一颯君を引っ張ってあげていた。
いつも私が前を歩き、一颯君が後ろを歩いていた。
身体も私の方が大きかった。
喧嘩《けんか》をすれば、いつも私が勝っていた。
最後は私の言い分が通った。
私が姉で、一颯君は弟だった。
私が上で、一颯君は下だった。
私がいなければ彼はダメなのだ。
だから私が助けてあげないといけないし、手を引いてあげないといけない。
私はそう思っていた。
それが最初に変わったのは……小学二年生の頃だったか。

いつものように一颯君と大喧嘩をし、取っ組み合いになり……

そして初めて泣かされた。

いつもは一方的に叩《たた》かれるだけだった一颯君に叩き返され、それがショックで泣いたのだ。

以来、私は一颯君と暴力で喧嘩をすることはやめた。

勝てないから。

以来、二人はお互いを叩き合うような喧嘩はしていない。

一颯君の方から、私に手を出すことは決してないから。

私は強かったわけではなく、手を抜かれていたことを、勝ちを譲られていただけだったことを、気付いたから。

それから時が経《た》つにつれて、一颯君は少しずつ私の背中に迫り始めた。

最初に体力で並ばれた。

次に身長で並ばれた。

最後に学力で並ばれた。

中学の頃には、すでに体力と身長では勝てなくなっていた。

それでも私はまだ余裕があった。

私は女の子で、彼は男の子だ。

体力や身長で負けるのは仕方がない。

自分にそう言い聞かせることが、言い訳をすることができたから。

少なくとも学力では競っているのだと。

事実、私と彼は首席と次席を争う仲じゃないかと。

私と彼は対等な友人で、ライバルだと。

そう思っていた。

……思い込もうとしていた。

そんな私の幻想は、高校に進学した最初の試験で崩れた。

一颯君が首席を取ったのに対し、私は精々三分の一より上程度の順位しか取れなかった。

何のことはない。

今までは争いの次元が低かったから、競っているように見えただけ。

天井《てんじょう》が低かったから、偶然に私が勝てることがあっただけ。

とっくに一颯君は私を追い越し、さらにその先を歩いていた。

気が付くと私は一颯君を見上げていた。

気が付くと私は一颯君の背中を見ていた。

気が付くと彼は、大人になっていた。

女顔でからかわれていたはずなのに、端整な顔立ちになっていた。

ひょろひょろだった身体が、がっしりとした男性の物になっていた。

女の子にもモテ始めた。

留学だってそうだ。

昔は私がいなければ、何もできなかったのに。

知らないうちに勝手に一人で決めていた。

気が付いたら、自分以上の行動力と自主性と勇気を身につけていた。

私なんていなくても、どこへだって行けるようになった。

だから私は一颯君が嫌いになった。

その整った顔立ちも。

男性らしい、がっしりとした身体も。

学力の高さも。

勇気も。

優しさも。

気遣いも。

優秀で、完璧《かんぺき》で、何一つ欠点がないところも嫌いだ。

そしてそんな彼の美点や、〝カッコいい〟と、素敵だと思えるところに醜く嫉妬《しっと》する自分は、もっと嫌いだった。

だから増々、一颯君のことが嫌いになった。

自分の醜いところを、再確認することになるから。
そんな〝嫌い〟な一颯君を評価し、期待する自分の両親は気に食わない。
たとえそれが妥当な評価であったとしても、事実であっても、腹が立った。
だから困らせてやろうと思って、家を飛び出したのだ。
……本当は引き留められたら、すぐに戻るつもりだったのだ。
でも、追いかけて、引き留めてくれなかったから、ここまで来た。
それでも家の近くが家出先なのは、見つけて欲しいからだ。
自分から帰るのは嫌だった。
必死に自分を探す両親が見たかった。
私がここにいるのは、そんなバカでつまらない理由だ。
そしてそれを幼馴染に指摘されたのは、もっと気に食わなかった。
だから私は思ったのだ。
困らせてやろうと。
完璧で、欠点なんて全くないように見える幼馴染様を、傷つけてやりたいと思った。
だから言ってやったのだ。
嫌い。
私の人生から消えて、と。

「き、嫌いって……」

動揺を見せる一颯君に対し、私は尚も続ける。

ずっと、心に抱いていた想《おも》いを、劣等感をぶちまける。

「嫌い。全部、嫌い。私より身長が高いからって、見下ろさないでよ。私よりも力が強いのも、足が速いのも……昔は弱っちくて、鈍間《のろま》だったくせに！　私よりも頭が良いところも、成績が良いところも嫌い。それを全然、自慢しないのも嫌い。大っ嫌い。私よりも、優秀なくせに、性格がいいくせに、どうして私と同じ時に、同じ場所で生まれたの？　私と同じ時間と場所を歩かないでよ。あなたのせいで……私の人生、無茶苦茶！」

言葉を発した直後は、愉快だった。

清々した。

ずっと、自分の心のうちに秘めていた膿《うみ》を吐き出せたから。

「そうか。……そう、だったか」

しかし青白い顔でそう呟く幼馴染を見て、私は血の気が引くのを感じた。

やってしまった。

言ってはいけないことを、言ってしまった。

越えてはいけない一線を、越えてしまった。

壊してしまった。

例え息苦しくても、一緒にいたいと思うほど楽しい時間を。

嫌いであっても、それ以上に好きだと言える幼馴染との関係を。

それを自分の手で壊してしまった。

私はそれにようやく気付いた。

「あ、その……ま、待って。い、今のは、その、言葉の綾というか……」

そんな私の言い訳を遮るように、一颯君は言った。

「俺もお前のこと、嫌いだったよ」

あぁ……終わった。

※

「お前には散々、泣かされたし、いじめられたからな」

俺がそう言うと、愛梨は酷く落ち込んだ様子で肩を落とした。

俺は傘を折り畳むと、ドームの中に入った。

そして愛梨に向き直る。

愛梨はいつになく、青白い顔をしていた。

「それにお前は……」

「ち、違う……違うの。さっきのは……」

「今は俺が話してる」

俺は語気を強め、愛梨の言葉を遮った。

愛梨は身を竦《すく》め、口を噤《つぐ》んだ。

そんな愛梨が口を閉じたのを確認してから、俺は淡々と話す。

「俺はいつも、お前に勝てない。喧嘩では負けて、泣かされてばかりだった。だから嫌いだった」

「……小年生の時、勝ったじゃん」

そうだったたか？

俺は思わず首を傾げる。

「……小学二年生の頃」

愛梨は不満そうな表情で呟くようにそう言った。

ようやく思い出した。

「あぁ……あったたな。そんなことも」

愛梨を叩き返して、泣かせてしまった時のことだろう。

両親に女の子を泣かせてはいけないと、酷く怒られたのを思い出した。

最初に手を出したのは愛梨なのだから、俺が怒られるのはおかしいと理不尽に感じたのを覚えている。

それでも……やはり女の子を、大切な幼馴染を、愛梨を泣かせてしまったのは、俺にとっては苦い過去だ。

「俺は男だぞ。女に暴力で勝っても仕方がないだろ」

女の子に暴力で勝つのは恥だ。

泣かされるのはもっと恥だ。

たとえそれが小学二年生の時の頃の話であっても……

俺よりも愛梨の方が体が大きかった頃の話でも。

「何それ。男だから、女だからって……」

愛梨は不満そうな声で呟いた。

負けん気が強い愛梨にとっては、喧嘩で負けたのは耐えがたいことなのだろう。

彼女にとっては、男女の身体能力差は関係ないのだ。

いや、どちらかと言えば弟のように思っていた相手に負けたのが、悔しいのかもしれない。

そう、俺はいつも弟で、愛梨は姉だった。

「俺は人付き合いが下手だけど、お前は上手だった。いつもお前の周りには人がいた。昔から教師にも同級生にも好かれてて、友達が多かったよな。……うちの母親も、お前を見て、娘が欲しかったって、よく言ってたよ」

俺はいつも愛梨の後ろを、金魚のフンのようにくっついていた。

集団で遊ぶときは、愛梨のついでに混ぜて貰《もら》っていた。

愛梨がいない時はいつも一人だった。

葛原や葉月との関係も、愛梨を介してだ。

友人の友人という関係から始まった。

……もちろん今は普通に友人同士だし、俺も要領を覚えたので愛梨がいないと何もできないということはないが。

それでも俺は昔から、愛梨の明るく社交的なところが羨《うらや》ましかった。

嫌いだった。

自分が惨めになるから。

「あと、ピアノもお前の方が上手《うま》い」

「……ピアノなんて、役に立たないでしょ。それで食べていけるほど、上手くないし」

愛梨にとってピアノはたまに弾いて、楽しければ良い物で、自慢になるような物ではないのだろう。

それで食べていけるほど上手であれば誇れるかもしれないが、少なくとも愛梨の腕はそのレベルに達しているとは言えない。

そういう意味では俺と大差はないかもしれない。

それでも……俺よりも愛梨の方が上手い。

「俺は才能あると、思ってたんだよ。……後から始めた奴《やつ》に抜かされたのは、プライドが傷ついた」

俺はそう言って眉を顰《ひそ》めた。

俺が気にしていたことを、愛梨は全く気にも止めていなかった。

それは俺にとって愉快なことではない。

「他にも……絵もお前の方が上手だよな」

「……一颯君、そういうの嫌いなんじゃないの？」

「昔は好きだったよ。学校でお前と比べられる前は」

俺はいつも愛梨と一緒にいる。

だから必ず愛梨と比べられる。

……もしかしたら周囲は比べていないかもしれないが、しかし少なくとも俺は意識していた。

自分の下手くそな絵と、愛梨の上手な絵。

それを見比べて、俺は絵を描くのが嫌いになった。

愛梨のせいで嫌いになった。

「体育も昔は嫌いだった。お前に負けるし。……まあ、今は別だけど」

男性として身体が出来上がってからは、さすがに筋力量の差で愛梨には勝っている。

でもきっと、その辺りの条件が同じなら愛梨の方が運動神経は上だ。

「あと、可愛《かわい》くて美人なところも、気に食わない」

「か、かわっ……な、何を急に……！」

「お前の隣を歩く身になれよ。俺はお前の引き立て役じゃないんだぞ」

愛梨は俺が知るあらゆる女性の中で、一番綺麗《きれい》で可愛らしい。

その隣を歩くからには、やはり愛梨に釣り合う人間じゃないといけないと、思ってしまう。

周囲から嫉妬《しっと》を受ければ受けるほど、相応《ふさわ》しくないのではないかと、思ってしまう。

「……」

「なに、照れてるんだよ。別に褒《ほ》めてないぞ」

恥ずかしそうに頬を赤らめる愛梨に、少し調子を崩された俺は頬を掻《か》いた。

それから咳払《せきばら》いをして、話を戻す。

「俺はいつも、いつも、ずっと、今でも、お前に劣等感を覚えている。お前のせいで息苦しい。……嫌いだよ」

俺は今まで抱えていた想いを吐き出した。

一生の恥と、墓場まで持って行くつもりだった秘密を暴露したことになるが……しかし悪い気はしない。

愛梨も同じ気持ちだったと、知ることができたから。

それは俺の自尊心をいささか慰めてくれた。

「……」

「……」

しばらくの沈黙の後、愛梨は口を開いた。

「……一つ、聞くけどさ」

「何だよ」

「私のこと、嫌いなんでしょ？」

「そうだな」

「じゃあ、何で一緒にいるの？」

愛梨の問いに俺は少し頬を掻いてから……答えた。

「お前と一緒にいるのが、楽しいから」

「嫌いなのに？」

ニヤっと愛梨は笑みを浮かべてそう言った。

……ようやく、本調子になってきたらしい。

恥を晒《さら》した甲斐《かい》があったと嬉しく思いながら、俺は頷いた。

「それを加味しても楽しい。……お前がいない夏休みは、やっぱり寂《さび》しかったよ」

「ふーん」

俺の回答に愛梨はニヤニヤと笑みを浮かべた。

気恥ずかしくなった俺は逆に愛梨に問い返す。

「そういうお前は……俺と過ごすのは、息苦しいんじゃないのか？　どうして一緒にいたんだ？」

俺の問いに愛梨は得意そうな笑みを浮かべた。

いつもの、俺が良く知る生意気な表情だ。

「そりゃあ、一颯君、私がいないとダメでしょ？　仕方がなくね」

「お前、それは狡《ずる》いだろ」

俺は思わず笑った。

それからあらためて、愛梨に手を差し出した。

「じゃあ、帰るぞ」

「イヤ」

愛梨はそう言って顔を背《そむ》けた。

ええ……

「……嫌って、お前、今のは円満解決で終わる流れだったろ」

「パ、お父さんとお母さんのこと、まだ許してないもん」

「ないもんじゃないだろ」

俺は強引《ごういん》に愛梨の手を取り、立ち上がろうとする。

しかし愛梨は嫌々と首を振り、抵抗する。

そして逆に俺に抱き着いた。

「……ねぇ、一緒にいてよ」

「一緒って……」

「家出、付き合ってよ」

愛梨は甘えるように、駄々を捏《こ》ねる幼子のように俺の服を引っ張る。

どう言い聞かせようかと俺が悩んでいるうちに、愛梨は俺の体を強く抱きしめてきた。

「……今晩、一緒にいて」

そして耳元で囁《ささや》いた。

※

「そう言われても、俺まで行方《ゆくえ》不明になったら大事になるしな……」

もし愛梨に加えて俺まで帰って来なかったら……

犯罪に巻き込まれたんだ！　そうに違いない!!

と、大事になることは目に見えていた。

というより、すでに大事になっている。

……愛梨の両親はそれほど動揺していた。

「……帰りたくない？」

俺はダメ元であらためてそう聞いた。

すると愛梨は首を大きく左右に振った。

「絶対に嫌！」

愛梨も理性では大事になるのは不味《まず》いと分かっているはずだが……

しかしそれ以上に感情が優るようだった。

そこで俺の脳裏に疑問が浮かぶ。

何が愛梨をそこまで怒らせたのかと。

「そもそもどうして親と喧嘩したんだ？」

「それは……まあ、その……」

俺の問いに愛梨は言葉を濁した。

……自分の恥を晒すようなことだし、できれば言いたくはないのだろう。

「内容次第ではお前の味方をしてやるぞ」

「……だって、パパ。一颯君に家を継いで欲しいって。……まずは私に期待するべきじゃん」

「……えっ？　お前の志望学部って……」

「私、パパの娘だけど。医者の娘だけど。……一応」

「……それもそうか」

医者の娘だから、父親に憧《あこが》れて、医者を目指す。

動機としては自然だ。

少なくとも……目指せそうだから目指しているだけの俺よりは、よっぽど真っ当な理由だ。

「……別に夢とか、そういうわけじゃないけどね。絶対になりたいってわけでもないし、そのために凄《すご》い努力しているわけでもないし。医者になれって強要されたら、それはそれで嫌だったと思うけど……でも、一人娘の私が継ぐのが自然で、道理でしょ？」

愛梨の言葉に俺はようやく、長年の疑問が晴れた。

実は愛梨は理系科目よりも文系科目の方が得意だ。

国語や社会科目の成績では俺も勝てない。

そして一番数学が苦手だ。

そんな彼女が理系クラスにいる理由は……考えてみればそれ以外にない。

「……すまない。知らなかった」

大切な幼馴染だと、彼女のことならどんなことでも知っていると自負していたのに。

そんなことすら知らなかったのは、察することができなかったのは、あまりにも鈍く、そして無神経だったと言わざるを得ない。

「ううん、いいの。……一颯君には、その、隠してたし。そういう素振りは見せたことないし……」

「……隠してた？」

確かに愛梨の言う通り、医学部を目指しているような言動を匂わせたことはなかった。

むしろそういうのは否定していたように見えたのは事実だが……

どうして？

「だって……恥ずかしいじゃん」

「恥ずかしい？」

「医者の娘なのに……目指してるのに、一颯君に、そうじゃない人に負けるのは……恥ずかしいじゃん」

愛梨は気まずそうに顔を俯《うつむ》かせながらそう言った。

「一颯君には分からないかもしれないけど……」

「いや、分かるよ」

俺は頷いた。

本気でやっているのに負けるのは恥ずかしいから、あえて手を抜いて言い訳をする。

それに似たような物だろう。

……俺にも心当たりがある。

「しかし……お前の父親は、知らなかったんじゃないか？」

知らなかったなら無神経なことを言ってしまうのは仕方がないだろう。

できればその辺りを踏まえて仲直りして欲しいのだが……

「……小さい頃に私、パパに言ったはずだもん。覚えてないのかもしれないけど、今はそうじゃないと思っているのかもしれないけど……知らないはず、ないもん」

「……そうか」

「パパが悪いでしょ？」

「……そうだな」

もし俺が愛梨の立場だったら、嫌な気分になるだろう。

もちろん、彼女の父親にも言い分はあるだろうが……

元々、俺はどちらかと言えば愛梨寄りだ。

彼女の父親の方に相応の非があると分かれば、愛梨を庇《かば》うことに躊躇《ちゅうちょ》はない。

「……とはいえ、みんな心配してるしな」

俺が手ぶらで帰れば、警察沙汰《ざた》になる。

否、すでに警察を呼んでいるかもしれない。

さすがにそれは不味い。

それに愛梨の父親に非があると言っても、いつまでも心配を掛けさせ続けるのは可哀想《かわいそう》だ。

無神経なところはあるのかもしれないが、彼の愛梨への愛情は本物だ。

もし愛梨のことが大切でないなら、あれほど狼狽《ろうばい》するはずがない。

どうしたものかと、俺は考える。

「なら……こういうのはどうだ？」

俺と愛梨の両親それぞれに、「愛梨は見つかった」と伝える。

それから、俺の両親には愛梨の家に泊まると――愛梨の両親にはその逆を――伝える。

そして二人は嘘がバレるまで、もしくは愛梨の気が済むまでここで過ごす。

と、提案した。

「……うん、いいよ。分かった」

愛梨は頷いた。

「……さむっ」

愛梨は小さく体を震わせた。

つい先ほど、おでん――俺がコンビニで買ってきた物――を食べ終え、今は温かいお茶を飲んでいる最中だが……

それでも寒そうだ。

「……着るか?」

俺は学ランのボタンを外しながら、愛梨にそう問いかけた。

愛梨は少し考え込んだ様子を見せてから、首を左右に振る。

「いい」

「でも……」

「代わりに、中に入らせて」

「……は?」

「ほら、脱いでよ」

「……何をするつもりだ?」

俺は首を傾げながらも、上着を脱いだ。

すると愛梨は少しだけ赤らんだ顔で笑みを浮かべた。

「えいっ!」

「お、おい……」

そして両手を広げ、ガッシリと抱き着いてきた。

俺は驚き、愛梨を引き剝《は》がそうとして……止める。

思っていた以上に愛梨の体が冷たくなっていたからだ。

「上着、掛けて」

「あ、あぁ……」

俺は上着を毛布のようにして、愛梨に被《かぶ》せた。

そして軽く愛梨の体を抱きしめた。

「んっ……暖かい。ねぇ、一颯君。寒くない？」

「大したことない」

本当は雨で濡れた愛梨に抱きしめられたことで、俺の服にも水分が浸みこみ……

そして冷え切った愛梨の体に体温を吸われ、少し寒かった。

しかしそれだけ愛梨の体が冷えているのだと考えれば、寒いなどとは言えなかった。

ここが見栄の張り所だ。

「……服、脱いだ方がいいかな？」

「……脱いだ方が寒いんじゃないか？」

「いや、でも、ほら。雪山だと、肌と肌を触れ合わせて体を温める……みたいな話、聞くじゃん」

……要するに裸で温め合うということか？

俺の脳裏を愛梨の白い素肌が過《よぎ》り、変な気分になってしまった。

そのせいか先ほどまではあまり感じていなかった愛梨の体の柔らかさや甘い香水の香りを、より強く意識してしまう。

「……お前がやりたければ、勝手にしろ」

ま、まあ、本当に効果があるのかは分からないが……

それで愛梨が温まるのであれば、好きにすればいい。

……満更でもないというわけでは、決してない。

そう思いながら俺が答えると、愛梨はクスっと小さく笑った。

「冗談だけど……？　本気にしたの？」

「お、お前……」

「ふふっ……」

愛梨は楽しそうに笑い、増々強く抱き着き、体を密着させてきた。

生々しい温《ぬく》もりが俺の肌にも伝わって来る。

「ねえ、一颯君」

「どうした？」

「頭、撫でて」

愛梨は俺に自分の頭を差し出しながらそう言った。

俺は思わず眉を顰める。

……先ほどと同じように、俺をからかうつもりなのか?

「……どうしたんだよ」

「今は甘えたい気分なのっ!」

頭を俺の胸に擦《こす》りつけるようにしながら、愛梨はそう言った。

そんな可愛い顔で頼まれてしまえば、断るわけにはいかない。

「……これでいいか」

俺は愛梨の頭を軽く撫でた。

きめ細やかな髪は雨水により、僅かに湿っていた。

撫でるたびにふんわりと女の子らしい香りが漂ってくる。

「うん……」

愛梨は心地よさそうに目を細めた。

それから顔を上げ、俺の目をじっと見つめてきた。

「さっきの……ピアノの話だけどさ」

「……それがどうした?」

唐突に話を掘り返され、俺は内心で身構えた。

俺にとってはピアノの件は恥部に当たる部分であるため、あまり話題にしたいことではない。

「私の方が上手いって、それは今はそうかもしれないけどさ……でも、それは一颯君が、全然練習しなくなったからじゃない？」

確かに俺は愛梨と比較すると、あまり熱心にピアノの練習をしていなかった。

最終的にはピアノ教室に通う回数も減らしてしまった。

もちろん、サボっていたわけではないが……それでも愛梨よりは練習の量は多くなかっただろう。

それに俺はピアノ教室へ嫌々行っていたが、愛梨は終始、楽しそうに通っていた。

楽しんでやっている人と、嫌々やっている人では、やはり上達には差が出るはずだ。

それを考えれば俺と愛梨の差は練習の量や質、努力ややる気の差であり、才能の差ではない。

……と、愛梨は主張したいのだろう。

少なくとも愛梨の目にはそう見えていたようだ。

……それはある意味、俺の狙《ねら》い通りであった。

もっとも、これから本当のことを話すわけだが……

「それは順序が逆だ」

「……逆？」

俺の答えに愛梨は眉を顰めた。

俺は非常に遺憾《いかん》ながらも、正直に告白する。

「練習を減らしたから、お前に負けたんじゃない。お前に負けそうになったから、行くのを減らしたんだ」

「……意味が分からない」

「お前と同じだけ練習して、お前よりも努力して、負けたら恥ずかしいだろ」

愛梨は俺よりも後から始めた。

にも関わらず、あっという間に俺に追いついてきた。

俺が苦労したことを、難なくやってみせた。

このままでは抜かされる。

負ける。

そう思った。

「だから、あえて手を抜いた。その方が言い訳できるだろ?」

俺はそう言ってから思わず自嘲した。

何とも情けない話だ。

駆けっこで負けそうになった途端、わざと手を抜いて、「競っているつもりなんかないから」とヘラヘラと笑うような、そんな行為だ。

「勉強くらいしか、お前に勝てそうにないから。それだけ頑張ってるんだよ」

たった一分野でも、愛梨に勝てていればいい。

何か一つでも愛梨よりも上であることが確認できればそれでいい。

愛梨の隣を歩いても、恥ずかしくない人間であることを示すことさえできれば……

それだけで良かった。

「……何それ」

俺の告白に対し、愛梨はポツリとそう呟いた。

そして小さく鼻で笑った。

「……ダッサ」

辛辣な評価だった。

しかし全くその通りで反論できず、俺は自嘲気味に笑った。

「うるさい。……分かってるよ。あまり掘り下げるな」

俺も自分の器が小さいことは自覚している。

しかしそうでもないと――負ける時は言い訳を、そして常に勝てる物がないと――嫉妬とコンプレックスに押しつぶされ、愛梨の隣を歩けないのだ。

「……一颯君はもっと、いい人だと思ってた。完璧だと、思ってた」

「……買い被り過ぎだ。俺は大した人間じゃない」

「そうね。……私と、同じね」

愛梨はぽつりと、呟くように言った。

それからじっと、俺の顔を見上げてきた。

俺は困惑する。

「……何だよ」

「……ねえ、一颯君」

潤んだ瞳《ひとみ》で俺を見つめながら、愛梨はその唇を動かした。

「……キスしていい？」

何を急に言い出すんだ、こいつは。

からかっているのか？

俺がそう聞くよりも先に……

「……んっ⁉」

俺の唇を、愛梨の唇が塞いだ。

柔らかい唇の感触を感じると共に、体がカッと熱くなった。

※

翌日の昼休み。

俺は愛梨に尋ねた。

「で、結局のところ……ご両親とは、仲直りできたのか？」

二人で一夜を明かすつもりだった俺たちだが、そう長く大人を騙《だま》し続けられる物ではないらしい。

結局、途中で家に帰ることになり、二人で怒られた。

そして帰った後の顛末について、もちろん俺は知らない。

「平謝りしてくれたよ。……別に期待していないわけじゃなくて、知らなかったって。私も継ぐ意思があるってこと」

「……まあ、そうだろうな」

愛梨の父も、隣の家の子供よりは、自分の愛娘に継がせたいに決まっている。

俺に期待を寄せていたのは、おそらく愛梨は継いでくれないと思っていたからだろう。

「……まあ、私も言ったことなかったし。そういう素振りも見せたことないし。成績も微妙だし、かといって努力しているわけでもないし、期待しないのも当たり前ではあるけどね。それにどうしても医者になりたいというわけでもないのは事実だし。……絶対に医者になれ、努力しろ、頑張れって、そう言われてたら、それはそれで嫌だったろうから」

愛梨はそう言って肩を竦めた。

言葉の内容の割りには少し寂しそうな表情をしている。

……父親への不満はまだあるらしい。

一度抱いた不信はそう簡単には戻らないようだ。もっとも、それでも愛梨は父親のことが好きだろうけど。

ファザコンだし。

「あぁー、いや、その……」

どう答えようかと俺が言葉を選んでいると、それよりも先に愛梨はニヤっと笑みを浮かべた。

「でも、このままだと少し悔しいから。次の模試は、言い訳できないくらい……それなりに本気でやろうと思ってる」

「それは結構なことだ」

俺は頷いた。

愛梨の地頭は悪くないと、俺は思っている。

真面目《まじめ》に勉強すれば、きっと成績も上がるだろう。

……もっとも、彼女はどちらかと言えば文系寄りなので、不得意な理系科目でどれくらい成績をあげられるかは未知数だ。

「もしかしたら、一颯君に勝っちゃうかも？」

「天地がひっくり返っても、それはない」

勉強で勝たれたら俺の立つ瀬がなくなる。

内心で焦りながらも、俺は余裕の態度を見せるために鼻で笑った。

「へぇー、言ったからね？　じゃあ、私が勝ったら……靴でも舐《な》めてもらおうかな？」

愛梨は生意気な笑みを浮かべながら、俺を挑発した。

……うん、いつもの愛梨に戻っている。

俺は内心でホッとした。

昨日の出来事で愛梨が……俺たちの関係性が致命的に変わってしまったような、そんな気がしていたが、それは気のせいだった。

そう、安心したのも束の間。

「と、ところで、一颯君。昨日の、その、夜のことなんだけど……」

上擦ったような声で愛梨は突然、切り出してきた。

ドキッと俺の心臓が跳ねた。

「えっ？　あ、あぁ……な、何だ？」

「そ、その、忘れて欲しいなって……」

「……」

「え、えっと、あの時の私は、その、どうかしていたというか……あ、あれはその場の気分というか、雰囲気で、べ、別にその、そういうんじゃなくて……」

もじもじと恥ずかしそうにしながら、愛梨は言い訳をするように言葉を重ねた。

自然と俺の唇に昨晩の感触と、そして愛梨の甘い声音、息遣い、表情、肌の感覚が蘇《よみがえ》ってきた。

「気の迷いのようなものというか……だ、だから、その、なかったことに、して欲しいなって……」

その場の気分。

雰囲気。

気の迷い。

そんな理由であんな顔を、あんな声を、あんなことをしてしまうものなのだろうか？

疑問に思うが、しかしあの時の愛梨は精神的にも弱っていた。

普通ではなかった、普段通りではなかったのは事実である。

何より、愛梨がそう主張するからにはそれを否定しても意味はない。

愛梨の気持ちは愛梨にしか分からないからだ。

なかったことにすることにも異存はない。

しかしだからと言って、「分かった」と答えたところで〝なかったこと〟になるとも思えなかった。

だから俺はどう答えようかとしばらく考えてから答えた。

「……それは無理だな」

「む、無理って……じゃ、じゃあ……」

おどおどする愛梨の肩を、俺は摑《つか》んだ。

愛梨の顔が見る見るうちに赤く染まる。

顔を逸らしながら、その碧《あお》い瞳で俺の表情を伺う。

「え、えっと……」

「『今は甘えたい気分なのっ！』」

俺はあの時の愛梨の声音を思い出しながら、それを再現するように叫んだ。

「……へ？」

俺の唐突な声真似に、愛梨はきょとんとした表情を浮かべた。

俺は笑みを浮かべ、愛梨の額を軽く指で押した。

「甘えん坊、愛梨ちゃん」

「なっ……！」

愛梨の表情が固まった。

俺は大笑いしながらさらに言葉を重ねた。

「まるで幼稚園児だったな」

「わ、忘れなさい！」

「やだよ、一生のネタにしてやる」

「こ、こらー！」

愛梨は両手を振り上げながら俺を追い駆けてきた。

そして俺は愛梨をからかいながら逃げ続けた。


こうしてその場では一度、〝なかったこと〟になったのだった。

※

その日の夜。

「……はぁ」

俺は自室の窓――厳密にはカーテンを――眺めていた。

俺の家と愛梨の家は隣同士で、そして俺たちの部屋は向かい合うように存在する。

つまりカーテンの向こう側、窓を隔てた先には愛梨がいる。

「あいつ、俺のこと……好きなのかな?」

俺は思わずそんなことを口に出してみて、それから額に手を当てた。

何と言うか、〝勘違い童貞〟っぽい、恥ずかしい発言だ。

しかし今回に関してはしっかりとした根拠がある。

……あの時、確かに愛梨の方からキスを求めてきたのだから。

「……勘違いではない、はずだ」

熱い吐息の音。

柔らかい肢体。

肌から伝わる体温。

そして唇の感触。

確かに愛梨が俺に対して〝官能〟と言ってもよい物を抱いていることを感じることができた。

そして……俺自身も。

「……悪くはなかった」

愛梨と恋人になったら、どうなるだろうか?

……意外といいんじゃないか?

愛梨とあんなことやこんなことができるんだよな?

それは……とても良いことではないか?

生意気だけど、可愛いし。身体もエロいし……

そんな童貞丸出しの妄想が頭の中から溢《あふ》れ出てくる。

しかし俺はそんな劣情を振り払うように、頭を大きく振った。

「……お前、俺のこと、好きだよな？　とは、聞けないな」

誤魔化《ごまか》された上に、絶対に馬鹿《ばか》にされる。

では、自分から告白するのはどうか？

論外だ。

一生、下に見られる。

付き合ってやっている扱いされるだろう。

「そもそも俺は別に……好きじゃないしな」

あくまで付き合ったら悪くないんじゃないか程度の話で、付き合いたいわけじゃない。

もちろん、あいつの方からどうしても俺と付き合いたいというなら……受けてやらないでもないが。

俺はそんな優越感と妄想に浸り続けた。

※

その日の夜。
「絶対に勘違いされてる……」
私は両手で顔を覆《おお》い隠しながら、震えていた。
昨晩の羞恥を思い出してしまったのだ。
「どうして、私は……」
私は目の前にある窓……カーテンで隠れている一颯君の部屋を、睨《にら》みつけた。
あの時、私は一颯君の唇を、自分の唇で塞いだ。
どうしてか？
そういう気分だったからだ。
そういう気分になったからだ。
彼の体温をもっと感じたいと思った。
彼ともっと交わりたいと思った。
彼のことをもっと知りたいと思った。
と綺麗《きれい》な言葉でいくらでも誤魔化すことはできるが……
「い、一颯君……なんかに……よりにもよって……」
えっちな気持ちになってしまったのだ。
つまり性欲だ。

あくまで恋心とか、そんなものではない。そこは勘違いしないで欲しい。

きっと一颯君は勘違いしているだろうけれど。

「ま、まあ、顔は良いいし、体つきも悪くはないけどさ。あんな情けない男と……」

本気を出して負けると恥ずかしいから手を抜いた。

そんな情けないことを言う男に、私はとても共感したのだ。

近いようでとても遠くにいるはずの幼馴染を、本当の意味で身近に感じることができた。

「もしも、もしもだけど、恋人になったら……」

あの時に感じた高揚と多幸感。

あれを幾度も幾度も、味わうことができるのだろうか？

そんなことを考えてしまう。

「……まあ、私から告白するなんてことは、あり得ないけど」

そんなことをすれば一生、下に見られる。

お前が好きって言うから、仕方がなく付き合ってやる。

そんな体を取られるに違いない。

……考えただけで腹が立つ。

「一颯君の方からどうしてもって頼むなら、まあ、付き合ってあげないことも……ないかな？」

今のうちに台詞を考えておこうかな？

などと、私は一颯君に告白された時のことをシミュレーションするのだった。

無自覚カップルがおしどり夫婦になるのは、まだまだ先のようだ。

あとがき

初めまして、桜木桜《さくらぎさくら》です。

この度はGA文庫様の方で初めて作品を出版させていただきました。

幸先の良いスタートを切れればと思っています。

本作ですが、縦のエピソードよりは横のエピソードを重視するような形で書きました。

一章から八章通しての一巻というよりは、むしろ一つの章ごとで完結する短編集のようなイメージです。

主人公とヒロインの物語が一章から始まったというよりは、元々存在した二人の人生を挟みで切り取ってまとめたもの……そんなつもりで書いています。

今後も二人の物語と人間関係、そして恋がどのような結末を迎えるのか、暖かい目で見守っていただければと思います。

ところで本作はＷＥＢからの書籍化になりますが、ＷＥＢ版では三人称で書かれていました。

それを書籍化するにあたって一人称に変更しました。

そのため主人公とヒロインの心情はＷＥＢの時よりもはっきりと、生き生きと描けているのではないかと思いますが……いかがでしょうか？　ＷＥＢからの読者の方がいらっしゃったら、教えてもらえると嬉しいですね。


ではそろそろ謝辞を申し上げさせていただきます。

挿絵、キャラクターデザインを担当してくださっている千種《ちぐさ》みのり様。素晴らしい挿絵、カバーイラストを描いてくださり、ありがとうございます。

またこの本の制作に関わってくださった全ての方、何よりこの本を購入してくださった読者の皆様にあらためてお礼を申し上げさせていただきます。

それでは二巻でまたお会いできることを祈っております。

ファンレター、作品の
ご感想をお待ちしています

〈あて先〉

〒106－0032
東京都港区六本木2－4－5
SBクリエイティブ（株）
GA文庫編集部 気付

「桜木桜先生」係
「千種みのり先生」係

本書に関するご意見・ご感想は
右のQRコードよりお寄せください。

※アクセスの際や登録時に発生する通信費等はご負担ください。

https://ga.sbcr.jp/

「キスなんてできないでしょ?」と挑発《ちょうはつ》する生意気《なまいき》な幼馴染《おさななじみ》をわからせてやったら、予想以上《よそういじょう》にデレた

発　行　　2023年4月30日　初版第一刷発行
著　者　　桜木桜
発行人　　小川　淳

発行所　　SBクリエイティブ株式会社
〒106-0032
東京都港区六本木2-4-5
電話　03-5549-1201
03-5549-1167(編集)

装　丁　　AFTERGLOW

印刷・製本　中央精版印刷株式会社

乱丁本、落丁本はお取り替えいたします。
本書の内容を無断で複製・複写・放送・データ配信などをすることは、かたくお断りいたします。
定価はカバーに表示してあります。
©sakuragisakura
ISBN978-4-8156-1874-2
Printed in Japan　　GA文庫

第16回 GA文庫大賞
GA文庫では10代～20代のライトノベル読者に向けた
魅力溢れるエンターテインメント作品を募集します！
物語が、華ひらく。
イラスト／風花風花
大賞賞金300万円+コミカライズ確約！
◆ 募集内容 ◆
広義のエンターテインメント小説（ファンタジー、ラブコメ、学園など）で、日本語で書かれた未発表のオリジナル作品を募集します。希望者全員に評価シートを送付します。
※入賞作は当社にて刊行いたします　詳しくは募集要項をご確認下さい
リニューアルで選考課程を一新!!!
応募の詳細はGA文庫公式ホームページにて
https://ga.sbcr.jp/